Kurze Begegnungen in kurzen Geschichten

Der jungen Frau
im blauen Trenchcoat
gewidmet

Gustav Tilmann

Kurze Begegnungen in kurzen Geschichten

*Bibliografische Information der Deutschen Nationalbibliothek:
Die Deutsche Nationalbibliothek verzeichnet diese Publikation in der Deutschen Nationalbibliografie; detaillierte bibliografische Daten sind im Internet über http://dnb.dnb.de abrufbar.*

*TWENTYSIX – Der Self-Publishing-Verlag
Eine Kooperation zwischen der Verlagsgruppe Random House und BoD – Books on Demand*

© 2017 Gustav Tilmann

*Herstellung und Verlag:
BoD – Books on Demand, Norderstedt*

ISBN: 9783740735661

*Lektorat: Ina Tilmann
Illustration: Gustav Tilmann*

Inhalt

Selfpublishing…..7
Bestseller…..9
Im Lesesaal…..13
Begegnung mit kleinem Aquarell…..17
Am See…..19
Tauchgang…..25
Begegnung im Meer…..29
Begegnung im Bett…..31
Das Leerzimmer…..35
Nasse Begegnung…..39
Der Pilot…..43
Der Beobachter…..45
Die Bahnfahrt…..49
4 Minuten und 33 Sekunden…..53
Klavierkonzert…..57
Die Rolltreppe…..63
Stillstunde am Mittag…..67
Heikle Entscheidungen…..69
Leserbriefe…..71
Baumschnitt…..81
Im Wartezimmer…..85
Hilferuf…..95
Der Füllfederhalter…..99
Begegnung in Bremen…..101
Kopftuch…..105
Maler und Modell…..107
Küchenschatten…..111
Erklärung…..113
Missverständnis an der Kasse…..117
Budapest…..121
Die kleinen Quadrate…..123
Virtuell…..127
Der alte Senator…..133
Der Besuch…..137
Roland von Bremen…..139
Sterbedatum…..145
Schrott…..147
Siesta…..157

Selfpublishing

Als der Autor eines Selfpublishing-Verlags bei der Begegnung mit seinem Publikum erkannte, dass er sich auch selbst vorstellen, die Anwesenden selbst herzlich begrüßen, nach ihrem Befinden fragen und sich selbst bedanken musste, dass sie sich auf den Weg zu dieser Lesung gemacht hatten, sowie, dass er eben keinen Moderator, einen

Buchhändler zum Beispiel, oder jemanden aus der Stadtbibliothek an seiner Seite hatte, der oder die in das Motto des heutigen Abends einführen würde, welches Begegnung lautete und all ihre Möglichkeiten und Tücken umfassen sollte, schließlich darüber informierte, dass die Lesung etwa eine Stunde dauern würde, aber dann noch ein wenig Zeit bliebe, um ins Gespräch zu kommen, war die Zeit der Lesung schon zu weit fortgeschritten, um jetzt noch mit der Lektüre seiner Texte zu beginnen, weshalb der Autor seinem Publikum noch einmal für seine Anwesenheit dankte und es mit dem Wunsch für einen guten Heimweg entließ.

Bestseller

Während sie ihn aus den Augenwinkeln musterte, wurde sie Zeugin, wie der Mann schnell einige Bücher vom Stapel in eine große Einkaufstüte aus kräftigem roten Papier schob, wie er dann in diskreter Eile die offene Zone des Buchgeschäfts mit den Podesten der gestapelten Bücher verließ und sich schnell im Kaufpublikum auf der Shoppingmall verlor. In einer spontanen Regung folgte sie ihm, und trotz vieler roter Tüten hatte sie das Glück, wie sie empfand, ihn mitten in der Menge zu entdecken, während er sie bei seinen schnellen Blicken in alle Richtungen auch bemerkte, da er sie während seines gewagten Buchdiebstahls ebenfalls mit einem Seitenblick gesehen und wegen ihres auffallend dunklen Haars, das auf einen türkisfarbenen Mantelkragen fiel, interessant gefunden hatte.

Als sie sich nicht mehr ausweichen konnten und dies offenbar auch nicht wollten, standen sie sich jetzt unvermittelt gegenüber. Er machte eine beschwichtigende Handbewegung, in der auch eine Begrüßung lag, doch als er gerade nach passenden Worten suchte, gab sie sich einen Ruck und sagte: „Wie kommen Sie dazu, einfach Bücher zu stehlen", wobei sie außer seinem verlegenen, aber nicht sehr ertappt wirkenden Minenspiel seine sympathische Ausstrahlung und anziehende Erscheinung zur Kenntnis nahm. Nach einem kleinen Zögern, das ihm Zeit ließ, seinen Eindruck von seiner Verfolgerin zu vertiefen und das Bedürfnis aufkommen zu lassen, ihr über die Schulter zu streichen, antwortete er: „Um es kurz zu machen: ich habe es einfach satt, meine eigenen Bücher als Massenware ausgestellt zu sehen, wodurch mir jedes Wertgefühl für meine

Romane und Novellen abhandenkommt und eine Abneigung gegen mein eigenes Schreiben sich bis ins Unerträgliche steigert!" Sie schwieg, ging einen Schritt auf ihn zu, sah ihm durchdringend in die Augen, wobei der Blick zuletzt zärtlich wurde, und gab ihm einen Kuss, den er erwiderte, nachdem er die rote Tüte auf dem Fliesenboden abgestellt hatte.

Dort blieb sie allein zurück, als am Abend das Publikum die Shoppingmall verließ und sich auf den Heimweg machte.

Im Lesesaal

Er gab sich alle erdenkliche Mühe, ihr den Inhalt seiner Bücher zu erklären, die er im Laufe der letzten Jahre geschrieben und veröffentlicht hatte. Sein Katalanisch reichte vielleicht für alltägliche Dinge, für den augenblicklichen Zweck der literarische Kommunikation mit der Bibliothekarin, die in liebenswürdiger Geduld bei neuen Begriffen katalanische Übersetzungen vorschlug, dabei aber immer häufiger einen Blick auf die Uhr über dem Eingang des Lesesaals warf, war er in der mallorquinischen Sprachwelt, die hier das Klima bestimmte, noch zu wenig bewandert. Gerade versuchte er der Dame die Einsicht in das von ihm verarbeitete Motiv für einen Mord, oder wenigstens für die bewusste Tötung eines vielleicht sogar sehr nahestehenden Mitmenschen zu vermitteln, wobei er auch noch ein kurz vor der Veröffentlichung stehendes weiteres Werk ankündigte, als sie ihm, einem Mittsiebziger, wiederholt einen Blick in Richtung des Computerbildschirms nahelegte. Bis er schließlich begriff, dass es dabei nicht um einen literarischen Bericht im Internet ging, auf den ihn, wie er dachte, die Bibliothekarin aufmerksam zu machen versuchte, weil er es so verstand, als stünde dieser in Zusammenhang mit der Veröffentlichung des erwähnten Buches, sondern dass sie ihn, der schon seit einiger Zeit im Begriff war, sich zu verabschieden und den Lesesaal zu verlassen, nur immer wieder auf seinen Gehstock hinzuweisen bemüht war, der gelangweilt am Computertisch lehnte, wo er, nachdem er bei der Ankunft sich seiner entledigt, ihn aus dem Blick und aus dem Bewusstsein verlor, wäre es fast zu spät gewesen, den beredten Herrn noch freundlich zu verabschieden, denn der Bibliothekarin brannte eine Verabredung zum Mittagessen mit einem lieben Bekannten, vielleicht ihrem Geliebten, schon seit geraumer Zeit unter den Fingernägeln, die sich jetzt als fünffach lackiertes Muster auf seiner Schulter befanden, daran auf dekorative Weise beteiligt, ihn sanft an den anderen, bereits geräumten Lesetischen vorbei aus dem Saal zu schieben.

Begegnung mit kleinem Aquarell

Der zärtliche Respekt, mit dem er die Nähe der neben ihm wartenden unbekannten jungen Frau empfand, blieb sein Geheimnis. Mit parallel aneinander stehenden Füßen leicht vor und zurück schwankend blickte sie abwechselnd an ihrem blauen Trenchcoat hinab auf ihre Schuhspitzen und mit blauen Augen in die Ferne , während sie, obwohl er ihr vorher auch nie begegnet war, mit einem verhaltenen Lächeln spürte, wie seine Gegenwart auf einem Stuhl neben ihr sie mit dem Gefühl einer Vertrautheit und Nähe erfüllte, die ihr ebenso angenehm wie rätselhaft erschien. Mit einem schnellen, wachen Blick zu ihm hinüber hatte sie registriert, dass der Mann zwar anziehend aussah, jedoch eine halbe Generation älter zu sein schien. Sie ließ, ohne ihr Vor- und Zurückschwanken zu unterbrechen, ihre Zunge ein wenig nervös kurz zwischen ihre Lippen gleiten, bevor sie schließlich zögernd ihren Platz verließ, wobei sie die Blicke des Älteren in ihrem Rücken spürte. Gerade als sie den Eingang des Saals erreichte, in welchem die Veranstaltung, die sie beide an diesen Ort geführt hatte, beginnen sollte, war der Unbekannte mit zwei drei schnellen Schritten an ihrer Seite, öffnete seine Jacke und zog aus der Innentasche ein kleines gerahmtes Aquarell, das sie selbst darzustellen schien, wie sie, auf irgendetwas wartend, im Gespräch mit einem älteren Mann war, der ein wenig die Gesichtszüge des vor ihr Stehenden besaß. Er überreichte ihr das Bild und wandte sich lächelnd mit einer Gebärde dem Ausgang des Gebäudes zu, die sie als eine Art Entschuldigung auffasste in inniger Verbindung mit einer Einladung zu einem Wiedersehen.

Am See

Der halbnackte Mann, der auf einem kleinen Segelboot die Taue ordnete, fiel ihr ins Auge, als sie, auf einem größeren Boot, einer Yacht, unweit jenes kleineren Bootes, leicht hin-und her schwankend infolge der durch ein vorbeigleitendes Motorboot hervorgerufenen Dünung einen Eimer an einem dünnen Tau von der Reling aus in das trübe Wasser des Sees fallen ließ. Möglichst unauffällig versuchte sie dabei, zu dem Mann auf dem Boot hinüber zu blicken. Er hatte fast weißes welliges Haar, das sich malerisch von seiner gebräunten Haut abhob.
Als sie sich später einmal bei tiefstehender

Sonne und leichtem Wind auf dem Holzsteg, an dem beide Boote festgemacht waren, zufällig trafen, fragte sie ihn, woher er komme. Sie lege regelmäßig hier an, ihn habe sie aber noch nie gesehen. Sie müsse vorsichtig sein, sagte sie.

„Das tut mir leid", antwortete der Mann, der sich ein graues T-Shirt übergeworfen hatte, unter dem sich sein muskulöser Oberkörper abzeichnete, „ich wusste nicht, dass mein einmaliges und für Sie neues Hiersein einschließlich eines Teils meiner gewöhnlichen Umgebung, die ich ja überall hin mitnehme, wo ich anlege, einen Tatbestand darstellt, der Sie zu dieser Bemerkung veranlassen könnte". „Dieser Tatbestand Ihres Hierseins, das mir aufgefallen ist, weil ich mit unserer Yacht sonst stets allein an diesem Steg liege, ist nicht allein der Grund, warum ich mich auf diesem kurzen Weg vom Steg zum Ufer an Sie gewandt habe", entgegnete sie leicht spöttisch, „es ist vielmehr der Kontrast zwischen ihrem fast weißem Haar und Ihrer Bräune, der meinen Blick während meiner Verrichtungen an Bord unserer Yacht wiederholt auf sich gezogen hat. Ich teile Ihnen dies übrigens mit in der Hoffnung, dass ich Ihnen dadurch nicht zu nahe getreten bin".

Sie wartete einen Augenblick, während der Mann sie ruhig mit graublauen Augen betrachtete, aus denen das Meer und ein hintergründiges Licht zu leuchten schienen. „Für diesen Fall würde ich mich entschuldigen", setzte sie ihre Erklärung fort. „Sie müssen wissen, dass ich mich nach dem Tod meines Mannes vor einigen Monaten der Malerei zugewandt habe, ich besitze an Bord sogar ein kleines Atelier. Und ich stelle inzwischen fest, dass mich diese Tätigkeit sehr unterstützt, Dinge zu sehen, die mir früher nicht so aufgefallen wären und die ich sehr anziehend finde, manchmal sogar schön."
Darauf antwortete der Mann, der dazu einen an seinem Unterarm hängenden Eimer in die Hand des anderen Arms wechselte: „Machen Sie sich keinen Vorwurf, weil Sie nicht nur einen, wenn auch nur vorübergehenden, neuen Nachbarn am Anlegesteg gesehen, sondern sich auch mit dessen Erscheinung so sehr beschäftigt haben, dass Sie dies gleich bei dieser ersten Begegnung mitteilen wollen. Ich selbst war zu sehr mit meinen Tauen beschäftigt, die vom letzten Ankern in einer Lagune mit türkisfarbenem Wasser, das an den Rändern in Ultramarin überging, an der Ostküste, ungeordnet an Deck herumlagen,

so dass ich meinerseits von Ihnen keine Notiz genommen habe, auch wenn mir das Klatschen des Eimers nicht entgangen ist in der großen Stille hier, als Sie diesen ins Wasser haben fallen lassen. Dies bedaure ich sehr, da ich Sie ja dadurch erst jetzt das erste Mal sehe. Denn hätte ich schon früher, vielleicht nach dem Klatschen, einen Blick zu Ihnen hinüber geworfen, hätte ich feststellen können, was mir entgangen wäre, wenn wir uns jetzt nicht gerade begegnet wären. Dann hätte ich schon damals zu Ihnen von Boot zu Boot hinüberwinken können, was mir jetzt nur noch zum Abschied übrig bleiben wird. Denn ich lege gleich, nachdem ich mir diesen Eimer frisches Wasser geholt habe, wieder ab."

„Wie schade", entfuhr es der Frau, „könnten Sie nicht noch für einen Kaffee auf mein Boot kommen?"

Nach kurzer Überlegung antwortete er mit einem tiefen Blick in ihre Augen:

„Für einen Kaffee, ja gern. Aber ich habe mich soeben dessen versichert, dass Sie ebenso wie ich in Gedanken schon viel weiter sind. Da ist der Kaffee schon getrunken, Sie und ich entkleidet in der Kajüte, durch die wie hier draußen ein leichter Luftzug

weht, weil die Luken geöffnet sind. Ich bin einen vorsichtigen, aber eindeutigen Schritt auf Sie zu gegangen, habe Sie an den Brüsten berührt, während Sie mich küssen. Ich verliere das Zeitgefühl, während Sie sich auf das Bett fallen lassen, das Ihnen heilig und für diese Situation noch nicht vorbereitet ist."
Sie nahm ihm den Eimer aus der Hand und stellte ihn auf den Boden. „Doch, jetzt ist es das", antwortete sie und entfernte den bernsteinfarbenen Ring aus ihrem Haar.

Als die Witwe wieder allein auf Ihrer Yacht war, ohne Nachbar im Boot am Steg, begann sie ein neues Bild zu malen, das sie später an die Reling lehnte, um es bei einer Zigarette lange zu betrachten. Es zeigte eine Woge, die sich gerade ihrer Schaumkrone entlud, während ein Mann über ihr, weit draußen im Meer, zum Horizont schwimmt.

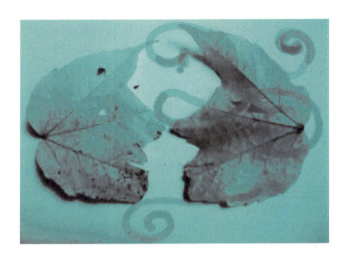

Tauchgang
für Ina

Die junge Frau, die schwerelos zu sein und ihre Gliedmaßen mit der gleichen Eleganz zu bewegen schien wie der Oktopus, der seine Tentakeln im Einklang mit der Meeresströmung der fremden Gestalt entgegen ringelte, versuchte, ihren Blick durch das ovale Fenster ihrer Taucherbrille mit denen des Oktopus zu harmonisieren, so dass beide, sie und das Meeresungeheuer, einander betrachteten im Wissen oder Ahnen, dass das andere Lebewesen dies ebenfalls tut.

Der Oktopus betrachtete die Taucherin mit melancholischem Blick, mit dem er zur Kenntnis zu nehmen schien, wie sie versuchte, mit Armen und Beinen die Bewegungen seiner Tentakeln nachzuahmen. Ob er sie dabei wirklich bewusst ansah, gar ihren Blick suchte, den sie ihm anbot, muss eine Frage bleiben, die wir in dieser Geschichte nicht beantworten können. Auch nicht eine naheliegende andere, die sich der schwebenden jungen Frau aufdrängte, nämlich, ob der Oktopus nach einer Weile mit seinen Tentakeln auch ihre, der Taucherin Bewegung, aufgenommen hatte, und durch diese so entstandene wechselseitige Korrespondenz nicht der Beweis erbracht sei, dass er und sie einander so bewusst wahrnahmen, wie es für die erwünschte Übereinstimmung erforderlich wäre.

Die Taucherin fragte sich im Laufe dieser nun schon Minuten dauernden Begegnung mit dem noch immer vor ihr ausharrenden, tentakelierenden Oktopus, wie es wäre, wenn sie und er gleichermaßen allmählich ermüdend einschliefen und mit zur Ruhe kommenden Gliedmaßen zum Meeresboden niedersänken und dort neben einander ausruhten bis zum Beginn eines erneuten submarinen pax de deux, wenn sich ihre Wege in Wahrheit nicht vorher trennten, weil der Oktopus wahrscheinlich abwärts sinken würde, sie aber doch eher aufwärts, da alle in ihr und ihrer Montur enthaltene Luft ihr Auftrieb geben würde. Dann hieße es, beizeiten Abschied von einander zu nehmen.

Begegnung in Meer

Zwei Fische begegneten einander. Sie kamen sich bekannt vor, wussten aber nicht ihre Namen. Ihre Mäuler quittierten dies skeptisch, während sie sich mit Fischaugen musterten. Vielleicht weil der eine, kleiner als der andere, seine Schwanzflosse plötzlich heftiger als erwartet nach links schlug, hob der andere, vielleicht der ältere von beiden, ein wenig die rechte Braue, beschrieb im Wasser, das, bekanntlich ohne Balken, keinerlei Anhaltspunkte dafür gab, einen rechten Winkel, hinterließ dort als Ausrufungszeichen eine Luftblase und entfernte sich missbilligend, während der Fisch, dem die Schwanzflosse einen Bruchteil einer Sekunde nicht gehorcht zu haben schien, wie eingefroren eine Weile bewegungslos, von der Strömung nur unmerklich verschoben, ausharrte, um dann wie auf ein geheimes Zeichen in eine andere Richtung davon zu schwimmen, einer größeren Tiefe entgegen, die seine Farben, ein schillerndes Blau und ein getupftes Orange, vor dem dunklen Abgrund, noch einmal aufleuchten ließ, ehe er, nachdenklich, in ihm verschwand.

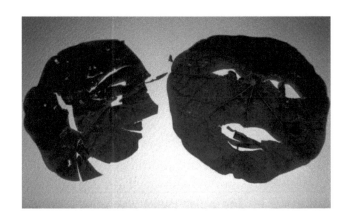

Begegnung im Bett

Eine Staubmilbe hatte an der oberen Ecke des Bettes Platz genommen und machte einen in sich gekehrten, trotzigen Eindruck, als sich ihr vorsichtig bis zur Mitte des Tuchs eine andere Milbe näherte und, gewissermaßen aus sicherer Distanz, ihr eher höflich als überschwänglich „Guten Tag!" zurief. Die Staubmilbe an der Ecke antwortete mürrisch: „Was willst du?" „Sie wollen wissen, warum du dich absonderst." „Wer, sie?" „Na, die anderen." „Gehörst du etwa nicht dazu?", hielt ihr die Milbe aus der Ecke vor. „Nein, ja, doch, aber sie haben mich geschickt."

„Warum gerade dich?" „Sie vermuten, dass du auf mich hörst." „Warum? Ich kenne dich ja gar nicht!" „Wir sind doch aber zusammen in diesem Bett!" „Hab dich noch nie gesehen!" Die Milbe antwortete von der Mitte aus: „Ich bin eben auch etwas individualistischer als die anderen, verstehst du?" „Willst du dich jetzt etwa auf meine Seite schlagen?" „Vielleicht, aber warum bist du so bockig?" „Weil mir das alles nicht mehr schmeckt." „Der Staub?" „Der auch", antwortete die Eckenmilbe, „der auch! Aber wo bleibt in dieser Masse von uns die Individualität jedes Einzelnen, wie sollen wir uns selbst verwirklichen, wenn wir uns mit denkbar schlechtem Ansehen bei unseren Wirtsleuten ununterscheidbar immer nur der Staubfresserei widmen, die ja noch obendrein nur eine oberflächliche Staubreinigung ist?", und nach kurzem Schweigen, in dem sie vor sich hinstarrte, fuhr sie fort, „aber so wird das ja nicht gesehen wegen unserer unvermeidlichen Exkremente, für die noch keine Toiletten erfunden wurden, nichts, was wir sind, oder aus uns machen könnten, wird richtig gesehen, auch von uns selbst nicht, darüber sollten alle mal nachdenken, statt dumpf und hirnlos in sinnlosen Massen der Routine zu

dienen bis wir weg gesaugt werden!" Die Milbe in der Mitte machte ein nachdenkliches Gesicht, schwieg eine Weile und rief dann: „Im Staubsaugerbeutel macht man aber gelegentlich die nettesten Bekanntschaften." „Lass' den Unsinn, mir geht es nicht um das Okkasionelle, sondern um das Prinzipielle!" „Siehst du", antwortete die Mittenmilbe, „das führt aber gerade zur Vereinzelung – du solltest dich mal sehen, wie du da armselig allein in der Ecke hockst. Wie lange willst du das denn noch durchhalten? Die anderen sagen, komm zurück, und dann können wir über alles reden!" Darauf die Eckenmilbe: „Der Prophet gilt nichts im eigenen Land. Geh, sag ihnen das, und jetzt mach dich aus dem Staub!"
Daraufhin, mit keiner erfolgreichen Botschaft ausgestattet, entfernte sich die Milbe aus der Mitte, um unverrichteter Dinge ihren Heimweg anzutreten. Im Umdrehen rief sie aber der einsamen Eckenmilbe noch zu, bevor sie wieder außer Hörweite war: „Nicht nur du hast aus dem Staub Spruchweisheiten aufgelesen: pulvis es et in pulverem eres! So wie wir alle, leb wohl und vergiss das nicht!"

Das Leerzimmer

Am Morgen stand er mit seiner einzigen Habe, einer Matratze, und seinem Koffer im Bäckerladen, der sich im Parterre des Hauses befand, und fragte die Verkäuferin nach ihrer Chefin. Diese kam ihre Hände an der Schürze abwischend aus der Backstube und fragte herausfordernd: „Was gibt´s denn?" „Ich ziehe wieder aus", antwortete er. „Warum um Himmels willen, Sie sind doch grad erscht eigezoge?!" „Weil ich während der Nacht feststellen musste, dass das Zimmer bereits bewohnt ist." „Na jetzt here Se aber mol uff, ein Zimmer ohne Möbel wollde Se, wo Sie große Formate malen könnten", wie

Se geredet haben, und des hän Se kriegt!"
„Ja aber", wandte er ein, „als ich mein Bett bereitet, also die Matratze bezogen und aus meinen Koffer die Nachtsachen geholt, dann das Licht gelöscht hatte, das, wie Sie ja wissen, nur aus einer Glühbirne besteht, die von der Decke herunterbaumelt, schließlich unter die Decke geschlupft bin und auf den Schlaf gewartet habe, hörte ich plötzlich Getrappel auf beiden Seiten der Matratze, nicht laut, aber schnell anschwellend und begleitet von hundertfachen Kratzgeräuschen auf dem Holzboden. Ich lauschte gespannt. Als sich das Getrappel bis zu meiner Zudecke ausdehnte und über sie hinweg zog, ganz nah' an meinem Kinn vorbei, das ich instinktiv unter die Decke steckte, sprang ich schließlich auf und hastete zum Lichtschalter. Dabei spürte ich mit Entsetzen unter meinen nackten Füßen etwas, das mit leisem Knacken meine Befürchtungen bestätigte, als ich das Licht anknipste. Entgeistert sah ich, wie Hunderte von diesen abartigen Käfern eilends zurück in ihr Versteck krabbelten. Gebückt konnte ich die gelbbraunen Beinchen in dem Spalt sehen, der die Bodenfläche an allen vier Seiten umgab. Sie hatten sich fluchtartig zurückgezogen wie eine Armee, die

verborgen auf die Dunkelheit wartet, um erneut von dem Zimmer Besitz zu ergreifen. Ich hab das Licht natürlich die ganze Nacht brennen lassen!" „Um Himmels Willen, hern Se uff!" „Ja", eiferte er sich, „Sie werden verstehen, dass ich das Leerzimmer nicht mit so vielen Mitbewohnern zu teilen bereit bin, die insgesamt über eine so viel größere Zahl von Beinen verfügen als ich, dass ich ein Gefühl der Unterlegenheit nicht loswürde!" Damit verließ der Kunststudent, der ein sehr großes Bild zum Thema Vorurteile und Populismus malen wollte, den Bäckerladen und ließ das Zimmer, das genau über der Backstube lag, weiterhin leer.

Nasse Begegnung

Als er entsprechend seiner seit Jahren bestehenden Gewohnheit des wöchentlichen Schwimmens nach einem Kopfsprung und einigen Metern bewegungslosen Gleitens mit eingeübten Kraulbewegungen die erste von zwanzig Strecken in der Länge des Schwimmbeckens von 25 Metern begonnen hatte und nach einigen anfänglichen Zügen, die ihm beschwerlich waren, sich zunehmend gleichsam ohne Anstrengung durch das Wasser gleiten fühlte, bemerkte er, wenn er den Kopf zum Luftholen nach rechts drehte, dass neben ihm in der benachbarten Bahn mit gleicher Geschwindigkeit eine Gestalt durch das Wasser glitt, die er wegen des jeweils nur kurzen Moments, in dem er sich seiner Wahrnehmung bewusst werden konnte, nicht zuverlässig als männlich oder weiblich ausmachen konnte, zumal seine Schwimmbrille, wie häufig, keine klare Sicht erlaubte.

Fast gleichzeitig tauchte mit ihm am Ende der Bahn die Schwimmerin, wie er jetzt zwischen den milchigen Flecken des Kondenswassers an seinen Brillengläsern erkennen konnte, mit keuchendem Atem kurz auf, warf, während sie sich in einer Drehbewegung befand, mit dem Ziel, ihren Körper in Richtung der Strecke hin zur Startseite erneut energisch ins Wasser zu tauchen, einen kurzen Blick auf ihren Beobachter, der, atemholend seinerseits vom Wendemanöver beansprucht, nun wieder an der Seite seiner unbekannten Begleiterin schwamm, auf gleicher Höhe während der ganzen inzwischen bereits wieder zu einem Viertel zurückgelegten Strecke, mit gleichmäßigen Kraulbewegungen der Arme, die an Mühlenflügel erinnerten, abwechselnd durchs Wasser pflügend oder sich durch die Luft drehend, während die langgestreckten Beine aus der Hüfte dazu harmonische, mit leicht nach innen gedrehten Füßen Auf-und-Ab-Bewegungen vollführten, und war bei aller Leichtigkeit der Anstrengung, die er allmählich steigern musste, um mit der fraglos trainierten Schwimmerin in der zweiten Streckenhälfte noch gleich zu ziehen, darum bemüht, immer wieder bei der Kopfdrehung, die er dazu gegen seine eingespielte Gewohnheit jetzt nach links auszuführen hatte, einen Blick auf sie zu werfen, der jedes Mal Anlass für seine Wiederholung war, bis beide, wieder gleichzeitig, den Edelstahl-Handgriff unterhalb des jeweiligen Startblocks vor sich erreichten, mit beiden Händen umschlossen, sich prustend aufrichteten und ihre Beine gegen die Schwimmbadwand stemmten.

Sie wandten, nachdem sie ihre Schwimmbrillen vom Kopf gezogen hatten, keuchend ihre Blicke einander zu, lachten, wobei das Wasser über Nase und Lippen rann, und verließen nach seiner Frage „Gehen wir?", die sie kopfnickend beantwortete, das Wasser und einige Minuten später, angekleidet, sich an den Händen haltend, das Schwimmbad.

Der Pilot

Der Pilot einer MIG-23 warf zufällig, als er im Begriff war, befehlsgemäß noch vor dem Beginn des Waffenstillstands, der für 24 Uhr ausgehandelt worden war, durch einen Daumendruck auf die Wölbung am oberen Ende des Steuerknüppels den Abwurf einer Bombe auszulösen, um noch schnell, ohne

Rücksicht auf Kollateralschäden in der Nähe eine Stellung der Milizionäre zu zerstören, einen Blick in die Wolken und erkannte im Spiel von Licht und Schatten das Gesichtchen seines Sohnes Dimitri, der gerade Geburtstag hatte und ein Jahr alt geworden war.

Daraufhin nahm er den Daumen vom Auslöseknopf, so dass die Bombe nicht ausgeklinkt wurde, und Amal aus dem Krankenhaus in unmittelbarer Nachbarschaft des Angriffsziels noch in dieser Nacht wohlbehalten zu seiner Familie zurückkehren konnte.

Der Beobachter

Wenn das Buch, das du gerade liest, davon handelt, dass du dieses Buch gerade liest, handelt es von etwas Unendlichem. Wenn du jemanden beobachtest, wie er oder sie ein Buch liest, und du dir vorstellst, dass es davon handelt, wie jemand eine Lesende beobachtet, haben wir der Unendlichkeit schon etwas abgehandelt, wie es auch für die Steine gilt, die den flach werdenden, an Land spülenden Wogen immer eine andere Form ihrer Grenzlinie geben, mit der jede Woge sich endlich wieder vom Ufer ins Meer zurückzieht.

Hier verlief eine etwa ein Meter hohe Mauer, mal höher mal tiefer, die sich um und in eine kleine Bucht schwang, an der alte Fischerhäuser dicht bei einander standen, als hätte das Überleben der Bewohner damit eine größere Chance. Sie waren verschieden hoch, besaßen aber fast dieselbe Breite, hatten gelbe, oder blaue Fensterläden, die gegen die Sonne fast alle verschlossen waren. Aber ein offenes Fenster im ersten Geschoss eines dieser Häuser erlaubte einen Blick ins Innere, und da der Raum, in den man hinein sehen konnte, an der Außenseite des Hauses lag, konnte man wie der Beobachter, der seitlich dazu stand, die fensterlose Innenfläche der Außenwand sehen. Sie war grau und schmucklos, außer, dass an ihr einige kleinere Fotos hingen. Vielleicht waren darauf Erinnerungen aus der Jugendzeit zu sehen. Eine hagere alte Frau füllte hin- und wieder einen Teil des offenen Fensters aus. Die lebhafte Gestik ihrer mit langen zartgeblümten

Ärmeln bekleideten Arme deutete darauf hin, dass die Frau nicht allein im Raum war. Offensichtlich berichtete oder kommentierte sie, was sie unten vor dem Haus sah, vor dem sich ein mit Steinplatten belegter Weg sowie seine Verbreiterung hinter jener Mauer befanden, eine Mole, die sich in die Bucht hinein zog. Ab und zu deutete sie mit ihrem Zeigefinger auf etwas, was für den Beobachter nicht sichtbar jenseits der Mauer sein musste.

Da er von der Frau im Fenster des Fischerhauses nun aufmerksam gemacht worden war, suchte er sich auf seinem Weg eine höhere Stelle und konnte nun über die schattige Mauer hinweg auf jene Molenplattform blicken. Dort hatte sich eine junge schöne Frau hüllenlos auf einem Handtuch ausgebreitet, den Kopf auf ihr Kleiderbündel gelegt, die Arme angewinkelt neben sich liegend, so dass sie bequem ein Buch gegen ihre aufgestellten Beine halten konnte. Die Sonne stand tief genug, wodurch die an die Fischerhäuser angrenzenden Hügel schon Schatten warfen. Die Lesende war teilweise von diesem Schatten bedeckt, sie hatte es so eingerichtet, dass ihr Kopf mit vollem dunklen Haar bis auf den Nasenrücken nicht der Sonne ausgesetzt war, das Licht aber über ihre Brüste hinweg auf die Buchseiten fiel. Die alte Frau, deren Gestalt beinahe im schummrigen Grau des Raumes verschwand, da ihr Kleid fast den gleichen Grundton aufwies, hörte nicht auf, sich gelegentlich bis über die Fensterbank hinausbeugend, mit dem hageren Finger in die Luft zu zeigen und aufgeregt nach innen in den Raum hinein zu gestikulieren.

Unter ihr befand sich ein Raum, der mit einem verwitterten blauen Holztor verschlossen war. Wahrscheinlich befand sich darin ein Boot, ähnlich dem, das auf den steinigen Strand neben der Mole gezogen worden war, und dessen Mast ohne Segel ein wenig an den Finger der Empörten erinnerte. Bei jenem Boot im Innern hatte man den Mast abnehmen und seitlich hineinlegen müssen, um es in das Haus schieben zu können. Der Beobachter vermutete, dass es voller Spinnweben war, und Kellerasseln seitlich an ihm hochkrabbelten.

Von all dem wusste die unbekleidete Lesende nichts. Sie las. Sie las diese Geschichte.

Die Bahnfahrt

Als er in Frankfurt zugestiegen war und erfolgreich einen Platz wie gewünscht mit dem Rücken in Fahrtrichtung gefunden hatte, wobei er den Umstand, dass ihm gegenüber eine junge Frau mit gelber Weste über einer schwarzen Bluse saß, deren langes fast silbriges Haar dazu in eigenartigem Gegensatz stand, als vielversprechende Bereicherung seiner Reise in den Süden begrüßte, die noch dadurch gesteigert wurde, dass die malerische Mitreisende bei dem südwestlichen Sonnenstand am frühen Nachmittag wie durch einen Bühnenscheinwerfer beleuchtet war, trat nach einer langen Kurve, bei der er die beindruckende Länge des Zuges präsentiert bekam, Ernüchterung ein. Als der Zug sich wieder auf gerader Strecke befand, hatte der Reisende die Sonne nun vor sich, die ihn derartig blendete, dass er den ihm gegenübersitzenden Farbkontrast nicht mehr genießen konnte.

In einer der Reisestimmung zuzuschreibenden Kühnheit wagte er, die junge Frau anzusprechen: „Entschuldigen Sie, wenn ich Sie vielleicht beim Lesen störe, da Sie ja, seit ich zugestiegen bin, aufmerksam in ein Buch blicken. Wahrscheinlich haben Sie es nur der plötzlich veränderten Fahrtrichtung zu verdanken, dass ich durch die Sonne daran gehindert werde, mich Ihres interessanten Farbgegensatzes zu erfreuen, den Sie mit Ihrer Bekleidung und der Farbe Ihres Haares bilden. Sie müssen wissen, ich bin Maler und kann mich kaum, auch nicht aus gebotener Höflichkeit, einem solchen Eindruck entziehen, der aber nun durch die veränderte Position der Sonne für mich nicht mehr zugänglich ist."

Die junge Frau hatte vom Buch aufgeblickt, einen längeren Augenblick den Mann ihr gegenüber gemustert, der da in die sonstige, nur vom sanften Rattern der Räder gegliederte Stille hinein das Wort an sie richtete, und antwortete: „Wenn ich Sie richtig verstanden habe, würden Sie es wegen der von mir als gewagt empfundenen, in der Eile des Aufbruchs von zu Hause heute Morgen eher unbeabsichtigt zustande gekommenen Farbzusammenstellung vorziehen, wenn wir die Plätze tauschen würden, damit Sie nicht weiter geblendet werden, wenn Sie in meine Richtung blicken. Da ich diesen Zug sehr häufig nehme und zwar immer so, dass er um 15 Uhr 12 in Frankfurt, einem Kopfbahnhof, wie Sie vielleicht bemerkt haben, ankommt und diesen um 15 Uhr 17 wieder verlässt, weiß ich aber aus Erfahrung, dass noch während ich gerade auf Ihr Anliegen eingehe, schon in einer weiteren, etwas kürzeren Kurve die Position der Sonne sich wieder zu Ihren Gunsten ändert, auch zu meinen nebenbei bemerkt, denn ich nehme jeden Sonnenstrahl dankbar in Empfang, da es mir darum geht, durch die zunehmende Bräunung meiner Gesichtsfarbe den Farbkontrast beispielsweise für Sie noch zu bereichern. Dass Sie dabei den Blick auf mich richten, während ich in meinem Buch lese, wäre mir nur unangenehm, wenn Sie andere als die genannten Gründe dafür hätten und Sie mir nicht sympathisch wären. Das ist aber nicht der Fall. Außerdem", ergänzte sie nach einer Weile, in welcher der Maler dem angekündigten Verlauf der Kurve nachblickte und darüber nachdachte, wie richtig es war, die junge Frau anzusprechen, „steige ich gleich in Darmstadt aus, wo ich während meiner Tätigkeit als Farbberaterin für Brautpaare, silberne Hochzeiten und dergleichen Anlässe darüber nachdenken werde, ob ich es begrüßen würde, Ihnen bei einer nächsten Gelegenheit auf dieser Strecke wieder gegenüber zu sitzen. In meinem Buch, das zufällig von einer ähnlichen Begegnung auf einer Kaffeeterrasse handelt, ist dies, wobei der Mann die faszinierende Wirkung wegen seines himbeerfarbenen Pullovers und seines vollen dunklen Haares auf eine junge Frau ausübt, bis jetzt nicht der Fall. Aber vielleicht ändert sich das ja noch, wenn Sie mich bis zur Ankunft in Darmstadt in wenigen Minuten noch ein bisschen weiterlesen lassen."

4 Minuten und 33 Sekunden

John Cage liebte es, mit liebenswürdigem Lächeln, nichts Überflüssiges zu tun.
Deshalb verließ er eines Tages seine Wohnung nicht, sondern setzte sich erwartungsvoll auf einen Stuhl.

Er wollte zuwarten, wie die Zeit vergeht. Als bereits zwei Minuten vorbei waren, stellte er fest, dass das Warten genau davon ablenkte, was er eigentlich erleben wollte: das Vergehen der Zeit! Da beschloss er, weitere zwei Minuten nur auf diese zu achten – und sonst wirklich nichts tun.

Als Musiker hat man es ja immer mit der Zeit zu tun, dachte er wenige Sekunden später, was nicht ganz seinem Vorsatz entsprach. Aber er verzieh es sich, da er in diesem Moment verstand, dass gerade die Musik es war, die von der Zeit ablenkte. Ja, sie verwandelte die Zeit geradezu in eine andere Substanz. Wie Wasser unter bestimmten Umständen, in den Worten der Chemiker, einen anderen Aggregatzustand annahm, der es erlaubte, darauf herumzulaufen ohne zu versinken. Und wie Eis dann unter bestimmten anderen Umständen schmolz und beispielsweise als plätschernder Gebirgsbach munter zu Tal floss.

Wollte man als Musiker Zeit erlebbar machen wie tragfähiges Eis, musste man vielleicht auf ihre Umwandlung in Töne verzichten.

Cage blickte erschrocken auf die Uhr an der Wand. Es war bereits wieder Zeit seiner

Aufmerksamkeit entgangen und in seinen Gedanken verschwunden. Gerade die, die er beobachten wollte.

Andererseits, dachte John Cage, noch immer auf dem Stuhl vor der Uhr sitzend, waren Töne ja nichts anderes als Schwingungen. Das Stimm-A zum Beispiel besaß eine Frequenz von 440 Hertz. Fragte sich nur, wie viel erlebte Zeit das war, wenn sich eine Minute Kammerton in 26400 Hin-und Her-Bewegungen auflöst. Anscheinend war es ein sehr großer Zeitraum.

Während Cage in dieser Weise vor sich hin sinnierte, betrat lautlos eine Katze den Raum und schlich um seinen Stuhl herum.

Plötzlich schrak Cage erneut aus seinen Gedanken auf, und auch die Katze, die Cage beobachtet hatte mit Mutmaßungen über die Frequenz der Schwingungen ihres Schwanzes, zuckte zusammen.

„Du meine Güte, jetzt sind ja schon wieder zwei Minuten vergangen und sogar einige Sekunden mehr - genau vier Minuten und dreiunddreißig Sekunden, von denen ich im Ganzen rein gar nichts mitbekommen habe, obwohl sie mir, deswegen extra auf diesem Stuhl sitzend, doch so wichtig erschienen.

„Oh my god!", seufzte Cage.

Klavierkonzert

Ein Mann, dem man sein fortgeschrittenes Alter nicht ansah, spielte von früher Jugend an Klavier. Aber da er abgesehen von dem Versuch während eines halben Jahres in der Kindheit, bei dem er beim Üben für die von einer cholerischen und herrschsüchtigen Anthroposophin erteilten Klavierstunde, regelmäßig einschlief, so dass sein Kopf auf das Notenblatt fiel, jegliche von außen kommende Schulung und Orientierung an etwas, das nach Unterweisung aussah, konsequent mied, sein Leben lang, brachte er es am Ende

zwar zu einer Reihe für einen Amateur erstaunlicher Fertigkeiten, konnte links einen anderen Rhythmus spielen als rechts, hatte kuriose Einfälle und jagte neuen Erfahrungen hinterher, aber was ihm nicht gelang war, für Zuhörer, die ihm gelegentlich nicht rechtzeitig entfliehen konnten, eine einigermaßen nachvollziehbare Melodie zu spielen, vielleicht zum leisen Mitsingen oder Mitsummen, und dazu angenehme Harmonien in Form von klanglich ausgewogenen Akkorden zu setzen.
Dies machte ihn traurig und einsam.
Da ließ er sich eines Tages zu einem gewagten Unternehmen verleiten.
Er meldete sich zur Teilnahme an einer Veranstaltung, bei der allerlei Talente Proben ihres Könnens vor einem geneigten aber infolge der unpräzisen Umstände teilweise auch boshaft kritischen Publikum abgeben sollten.
Der Mann wusste, wenn er diesem Publikum das böte, womit er sich seit Jahren in seinem eigenen, von Zuhörern ungestörten Universum beschäftigte, würde dies seine Einsamkeit verstärken. Wie in einem gläsernen Schaukäfig säße er auf seinem Klavierhocker und würde Unverständliches und kaum

Vergnügliches auf der Tastatur fabrizieren, welcher die Saiten, die nichts dafür können, wie und wo sie von Hämmerchen getroffen werden, folgen müssten. Also beschloss er, als die Reihe an ihm war, sein Repertoire auf das Äußerste zu beschränken.

Das Äußerste war aber in seinen Augen das Stück „Vier Minuten und dreiunddreißig Sekunden", das aus dem im Titel genannten Zeitraum absoluter Stille bestand, in der also keine einzige Taste angeschlagen wurde. Dafür öffnete dieses berühmte Stück von John Cage aber einen Zeitrahmen für die eigenen Vorstellungen, das innere Hören des Zuhörers, das zugleich erfahrbar machte, wie lange vier Minuten und zweiunddreißig Sekunden dauern können. Auf seinem Weg zur Bühne, auf der das Klavier stand, kamen ihm jedoch Bedenken, dass, wenn er soweit ginge, dieses Stück zu spielen, es in diesem Veranstaltungsrahmen als albernes Musikkabarett missverstanden würde.

Auf seinem Weg zum Äußersten blieb er also stehen und entschied, statt dessen „Hänschen klein, ging allein" zu spielen, wobei die schlichte Melodie dieses Kleinkinderliedchens in ein komplexes rhythmisches Gewebe münden sollte, dessen harmonische

Struktur durch Überlagerung verschiedener Skalen und Voicings zu einem unvergesslichen Dokument der Musikgeschichte geraten sollte.

Nun wollte es der Zufall, der gern von dem als Meister der Stille gerade fallen gelassenen John Cage arrangiert wurde, dass, als der Mann soeben „Hänschen klein" gespielt hatte und nun mit den musikgeschichtlichen Ambitionen ernst machen wollte, das elektrische Licht im Saal ausfiel. Dadurch wusste der Mann, der das Spielen bei Licht geübt, aber das Training des Konzertierens im Dunkeln seit Jahren vernachlässigt hatte, nicht mehr weiter und beendete das Spiel. Es trat nun doch die absolute Stille ein, die nur vom Knarren der Treppe durchbrochen wurde, als der Mann, vom Publikum ahnungsweise mit den Augen durch das Dunkel verfolgt, traurig und einsam die Bühne verließ und die Saaltür nach einigen schlurfenden Schritten ins Schloss fiel.

Später war zu erfahren, dass der Stromausfall auf einen Wartungsfehlers zurückzuführen war, dessen Ursache in einer unverzeihlich ausgelebten Leidenschaft des für die Beleuchtung verantwortlichen Elektrikers für einsames und nur dem eigenen Glücksgefühl geschuldeten Klavierspiels bestand, das ihn seine Pflichten vergessen ließ, als er beschloss, sich an der Veranstaltung selbst mit einem kleinen Klavierbeitrag zu beteiligen, um endlich einmal auf einer Bühne einem Publikum etwas vorzuspielen und dabei Musikgeschichte zu schreiben.

Die Rolltreppe

Als sie die Rolltreppe betrat, erkannte sie, dass der, der ihr von unten entgegenkam, ihr gefiele, wenn er ihr auf der Gegenseite ein ermutigendes Zeichen gäbe, denn wer mag schon etwas, was stumm bleibt, mehr noch, wenn es sich um unseres Gleichen handelt.
Auch er fühlte sich von ihr, als sie ihm von oben entgegen zu schweben schien, in ihrer Reglosigkeit angezogen, und so hoffte er, ohne über die immer kürzer werdende Strecke nachzudenken, die die unerbittliche Rolltreppe ihn ihr entgegentrug, auf ein Signal, wie es in jedem Spielfilm, der eine solche Szene enthielte, den Zuschauern in Großaufnahme nahe gebracht würde, vielleicht

ein Augenaufschlag, oder ein unauffälliges Lächeln.
Als sich Aufstieg und Abstieg auf der Hälfte der Strecke kreuzten, was menschlich immer nur für diejenigen gilt, die ihre kaum eine Sekunde dauernde Begegnung auf halber Strecke bemerken, geschah das Wunder, dass ihr und sein Blick sich kreuzten, so dass wir es schon mit zwei Kreuzungen zu tun haben im Vorfeld des ewigen Schicksals der Lebewesen auf dieser Erde, dass ihre Kreuzungen den Fortbestand aber auch die Fortentwicklung unserer Spezies gewährleisten.
Während sie auf der zweiten Hälfte ihrer kurzen Treppenreise sich bereits in ihren Vorstellungen mit dem beschäftigten, was sein Blick bei ihr hinterlassen oder geweckt hatte, Vorstellungen, die schneller als ihr Ende auf der Rolltreppe bereits in weite Gefilde einer unbestimmten Zukunft sich verloren, einer glücklichen, wie wir hoffen, befasste er sich mit der Frage, ob er sich oben nach ihr umsehen sollte, wo doch solches Umblicken von ihr auch als zudringliches Nachblicken verstanden werden könnte.
Sie verlor sich überraschend schnell in der Menge der Passagenbesucher, nachdem sie zur Kenntnis genommen hatte, dass er,

scheinbar wartend, ohne sich nach ihr umzudrehen, von der gleichen Menschenmenge im oberen Stockwerk gleichsam verschlungen wurde.
Ob es sich dann so ereignete, dass die Beiden sich beim Verlassen des Einkaufzentrums abermals begegneten, einander anlächelten, weil sie sich ja schon flüchtig von der Rolltreppe her kannten, und gemeinsam ein Stück des Weges gingen in die Straßenflucht hinein, oder sogar in die Zukunft, das können wir im Vertrauen auf das gute Ende der Menschheitsgeschichte nur hoffen.

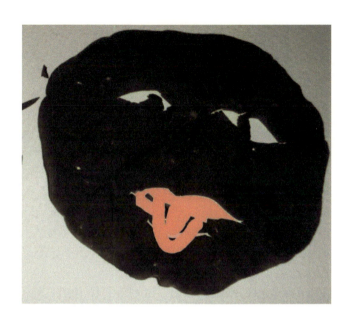

Stillstunde am Mittagstisch

Als dem Baby die zweite Brust gereicht wurde, denn es war noch hungrig, warf ein Mann am Nachbartisch einen Blick auf seinen Teller, wo zwei Würstchen neben einer Terrine Erbsensuppe lagen.
Er wusste nun nicht, welchem der beiden Würstchen er sich zuerst zuwenden solle, wenn er dem Beispiel des Babys folgen wollte. Und da war kein Grund, dies nicht zu

tun, es gab kein anderes Vorbild für die Auswahl zwischen zwei gleichwertigen Angeboten. Gerade wollte er sich entscheiden, als er sich dem goldigen, aber unverschämten Blick des Babys gegenüber sah, das inzwischen gesättigt wieder auf dem Arm des Vaters saß und ihn pausbackig mit Rubensmündchen über dessen Schulter hinweg betrachtete. Ertappt flüchtete er sich in die Erbsensuppe, von der er unter den Augen des Babys verunsichert einen Löffel zum Munde führte, und danach den zweiten. Hier gab es ja nur die eine Terrine.

Die beiden Würstchen blieben liegen. Kalt verzehrte er sie später, als das Baby ihm von seinen Eltern, die den Speisetisch verließen, entzogen worden war, nicht ohne sich mit einem Gurren und einem Sabberfädchen von dem verunsicherten Speisenachbarn zu verabschieden.

Heikle Entscheidungen

Er befürchtete, dass alles eine gegenteilige Entwicklung nehmen könnte, als sie ihm die Wohnungstür öffnete und ihn bat, einzutreten. Er folgte ihr ins Wohnzimmer, wo sie sich auf eine Couch niederließ und ihn aufforderte, doch ebenfalls Platz zu nehmen. Ihm standen zwei Korbsessel zur Verfügung. Als er sich für den linken entschied und die Knie bereits leicht gebeugt hatte, so dass er sich für einen Moment wie bei einer Skiabfahrt vorkam, die im Nichts enden würde, wenn er nicht sofort eine Kurve machte, wofür es aber fast schon zu spät war, da er viel zu schnell dahin raste, und sich gerade setzen wollte, ahnte er, dass es die falsche Entscheidung gewesen sein könnte, sich nicht für den anderen, rechten Sessel entschieden zu haben. In ihren Augen war der Linke ja der Rechte. Und ob nicht für sie mit rechts eher das Böse verbunden war, wo er sich doch vorgenommen hatte, ihr gegenüber gut zu erscheinen, dessen konnte er sich nicht sicher sein.

Aber sich jetzt wieder aus dem Sessel zu erheben, um in den anderen hinüberzuwechseln, erschien ihm unmöglich, obwohl er immer drängender den Wunsch dazu in sich aufkommen spürte. Deshalb war er auch halb abwesend, als sie ihn fragte, ob er lieber Tee als Kaffee möge, wie immer, oder doch etwa umgekehrt? Er antwortete: „Ja" und war froh, dass er sich so schnell eindeutig für etwas entschieden hatte, das ihm unverfänglich vorkam.

Während sie sich zu den zwei Kannen hinüberbeugte, die auf einem Servierwagen präpariert waren, wechselte er eilig den Sessel und fühlte sich besser.

Leserbriefe
Kleist gewidmet

Als Kleist nach einer Vielzahl von Leserbriefen, die, nur selten veröffentlicht, ihm immerhin eine gelegentliche, schriftliche Begegnung mit dem verantwortlichen Redakteur verschafften, eines Tages beschloss, keinen mehr zu schreiben, obwohl der Grund, der diese Briefe immer wieder veranlasste, in Umfang und Auswirkung anschwoll statt sich abzuschwächen, seine als Aufklärung über die tatsächlichen Sachverhalte gedachten Beiträge also ins Nichts gerichtet zu sein schienen und die Konferenzen mit tausenden

Teilnehmern, die jedes Mal an einem anderen luxuriösen Ort zusammenkamen und dabei enorme Ressourcen verbrauchten sowie die immer ergreifender zu lesenden Abkommen, in denen sich zahllose Nationen gegenseitig auf die Schulter klopften und zu Beiträgen verpflichteten, die bei manchen Ländern erhebliche wirtschaftliche Einbußen bewirken und eigentlich sofort für die Bekämpfung der Armut und des Hungers auf der Welt gebraucht würden, in immer unvernünftigerem Verhältnis zu der Tatsache standen, dass die Grundlagen für das weltweit zu bekämpfende Übel keineswegs ausreichend beweiskräftig und wissenschaftlich geklärt war, ja, dass das Übel, angeblich erkennbar an mannigfachen, allerdings auch schon in früheren Zeiten vorgekommenen Wetter- und Umweltereignissen, sogar selbst gar nicht eindeutig als solches ausgemacht zu sein, sondern als Konstrukt dargestellt werden zu können schien, als Herr Kleist also wegen dieser negativen Bilanz auf weitere Leserbriefe verzichten wollte, erhielt er ein Schreiben der Redaktion seiner Zeitung mit der Einladung, anstelle eines Leserbriefs nunmehr einen ausführlichen Artikel darüber zu verfassen, warum in all den vergangenen Jahren seiner, Kleists, Meinung nach beim Thema Klimawandel trotz immer wieder vorgetragener Argumente und Ermunterungen an die Leser, sich selbst durch Nachprüfungen der leicht zugänglichen Quellen von deren Richtigkeit eine eigene fundierte Meinung zu bilden, an die drohende Gefahr durch eine vom Menschen verursachte Klimakatastrophe geglaubt werde, als handele es sich bei dieser Überzeugung um eine Art religiöses Phänomen, vergleichbar jenem Aberglauben zum Beispiel, in dem für Unwetter, Gewitterstürme und Hochwasser der sündhafte Lebenswandel jener Menschheit die Ursache sei, für die sie als Strafe ins Verderben gestürzt werden würde. Das sei noch gar nicht so lange her in der Menschheitsgeschichte, in der sogar Köpfe rollten und Frauen als Hexen verbrannt worden seien stellvertretend für alles Sündige, das Unheil herauf beschworen habe, wie die Pest, Feuersbrünste oder eine schaurige Kälteperiode, in der das Wachstum zum Erliegen gekommen und die Ernten ausgefallen seien, führte die Redaktion in ihrem Brief an den Leserbriefschreiber Kleist weiter aus. Beim Thema Waldsterben sei dies, wie man heute wisse, auch schon der Fall gewesen, dass ohne ausreichende wissenschaftliche Grundlagen bei gleichzeitiger Verketzerung derjenigen, die auf diesen Mangel hinweisen wollten, eine massive, moralisch im Bezug auf Schuld und Sühne grundierte Bewegung sich entwickelt habe und viele Menschen durch Sorge und Angst zur Gefolgschaft gedrängt wurden. Nun habe aber die Bundesregierung, die auch schon dem Gespenst Waldsterben irgendwann schließlich die Existenzgrundlage durch Aufklärung entzogen habe, durch eine Erklärung bestätigt, was schon der Weltklimarat seit dem letzten Zustandsbericht durchsickern gelassen habe neben der noch gültigen, aber sachlich falschen, da nicht den Stand der Wissenschaft berücksichtigenden Zusammenfassung für die politischen Akteure, dass es schon immer einen Klimawandel mit allerlei für einen Teil der Menschheit ärgerlichen, für einen anderen eher angenehmen Folgen gegeben habe, der heutige sich beschreiben ließe als Zustand der Temperaturerholung nach der Kleinen Eiszeit, die eine Warmzeit mit den heutigen vergleichbaren Temperaturen abgelöst habe, wobei wegen des damaligen Fehlens einer C02 emittierenden Industrie ein das Klima beeinflussender Faktor „anthropogen" bei jener Warmzeit nicht zum Vergleich herangezogen werden könne, also die höheren Temperaturen trotz um fast 40% geringerem C02-Anteil in der Atmosphäre damals durch andere, natürliche Einflussfaktoren bewirkt worden sein müssten und dass entsprechend der daraus abzuleitenden Folgen für den Umgang mit den heute möglichen Klimavorhersagen künftig auf eine Angst einflößende Beschwörung von katastrophalen Folgen einer vom Menschen verursachten, unbeherrschbaren Erderwärmung von über 2° C zu verzichten sei.

Verglichen mit jenem Temperaturwert vor hundertfünfzig Jahren, hieß es in dem Schreiben der Redaktion weiter, den man geglaubt habe, zuverlässig, aber nach heutigem Kenntnisstand fälschlich, durch die Verallgemeinerung von eher zufälligen und unsystematischen Temperaturmessungen an verschiedenen, nicht kalibrierten Messstationen vor allem in städtischen Milieus, denen aber keine gemessenen Resultate im weiten, unbebauten und nur spärlich besiedeltem Raum weltweit einschließlich der riesigen Flächen der Ozeane gegenübergestellt werden konnten, als Bezugsgröße für die Temperaturentwicklung bis heute zugrundelegen zu können, seien diese 2° C für weitreichende und kostspielige Folgemaßnahmen wissenschaftlich wenig überzeugend, das müsse man heute erkennen. Durch selektive, forschungspolitisch vorformulierte Erwartungen seien die Methoden bei den Aufbauten der Klimamodellierungen im Ergebnis unbrauchbar gewesen. Dies könne man an zwei herausragenden Punkten der nunmehr zu äußernden allgemeinen Kritik am Klima-Alarmismus deutlich erkennen. Der eine sei der sogenannte Temperaturhiatus, die Tatsache, dass es in den letzten zwei Jahrzehnten keine signifikante, der Vermehrung des CO2 in der Atmosphäre entsprechende globale Temperaturerhöhung gegeben habe, der andere sei das Unvermögen der bisherigen Klimamodellierungen, auf denen die bekannten Prognosen basierten, die bereits erwähnte mittelalterliche Warmzeit, das sogenannte „Mittelalterliche Wärmeoptimum", darzustellen. Erst wenn es gelänge, die Hypothese des vom Industriezeitalter bewirkten, also menschengemachten Klimawandels mit der Klimabeschreibung des mittelalterlichen Klimaoptimums ohne den geringsten Einfluss einer industriellen CO2-Emission in Einklang zu bringen, wäre die Voraussetzung für Prognosen der Klimaentwicklung infolge der industriellen Aktivität gegeben. Dazu müssten aber außerdem noch einige naturwissenschaftliche Phänomene aufgeklärt und in überzeugenden Zusammenhang mit einer belastbaren Klimawandeltheorie gebracht werden. Es handele sich, endete der Brief an Kleist, im Wesentlichen um einige zusätzliche und grundsätzliche Tatsachen, von deren Unwiderlegbarkeit die Hypothese wissenschaftlich abhängig sei, weshalb man sie nicht länger ausklammern dürfe, um an der Hypothese festhalten zu können. Dazu zähle die schon ältere Erkenntnis der Atmosphärenchemie, dass die Fähigkeit des Spurengases C02, Wärmestrahlen zu absorbieren, exponentiell abnehme, je größer die C02 Menge als Gesamtheit ist, wobei zugunsten der Hypothese eingeräumt werden müsse, dass sie von einer bisher nicht bewiesenen Verstärkung des vom C02 bewirkten geringen Strahlungsantriebs durch Wasserdampf ausgehe. Und schließlich die Tatsache, dass bei der sogenannten Klimasensitivität des C02, einer Formel, die auf der Vorstellung beruhe, wie sich die Erde erwärmen würde bei gedachter Verdopplung des heutigen C02-Anteils, sich bisher keine einzige These

zur Relation beider Variablen durchgesetzt habe. Bestenfalls die Annahme, dass die Klimasensitivität des C02 in den bisher maßgeblichen Klimamodellen als viel zu hoch bewertet worden sei. Zu guter Letzt sei auch darauf hinzuweisen, dass ja die aktuell mit 14,7°C angegebene globale Durchschnittstemperatur niedriger sei als die Temperatur, die von Fachleuten mit 15°C als Idealtemperatur für das Leben auf der Erde bezeichnet werde, weshalb man sich fragen müsse, wo die ganze Aufregung eigentlich herkommt.
Die Zeitungsredaktion erhielt postwendend eine Antwort auf ihr Schreiben.

„Hiermit übermittle ich einen zu diesem Thema letzten Leserbrief. Seinen Inhalt entnehmen Sie bitte komplett Ihrem Begründungstext für die Einladung zu einem Beitrag über die Frage, warum es zu der aktuellen, jener dem Thema Waldsterben vergleichbaren Klimahysterie gekommen ist. Puh-! Darüber werde ich nachdenken, gegebenenfalls den gewünschten Artikel verfassen, schon heute bedanke ich mich für die Einladung dazu und erkläre, dass ich der Autor dieses Briefes und mit seiner Veröffentlichung einverstanden bin, Kleist.

Baumschnitt

Der Mann mit der Motorsäge auf schwankenden Stehleiter, der den Sitz seiner Sicherheitsbrille noch einmal korrigierte, wollte gerade damit beginnen, den seine Auftraggeberin störenden Ast eines Baumes abzusägen und drückte dazu bereits den Schalter unter seinem Zeigefinger, so dass der Elektromotor der Säge in hoher Drehzahl die Rufe der Frau verschluckte, die in respektvoller Entfernung von der Leiter, deren unsicheren Stand ebenso beobachtend wie das übrige Geschehen, den Gärtner darauf aufmerksam machen wollte, dass dieser Ast, über dem die Säge bereits bedrohlich schwebte, der falsche sei, wobei auch der Lärmschutz auf des Gärtners Ohren dazu beitrug, dass die Botschaft nicht bei ihm ankam, als im jetzt eintretenden Augenblick der ersten einschneidenden Begegnung der Sägekette mit dem falschen Ast der Strom ausfiel. Wegen einer Überlastung des Stromnetzes aus Gründen des Klimaschutzes, der eine grundlastüberschreitende Aufnahme von Strom aus erneuerbaren Energiequellen durch gesetzliche Regelungen nicht ausschloss, ohne dass die nötigen technischen Vorkehrungen gegen die Gefahr eines Blackouts, wie er sich in diesem Augenblick ereignete, getroffen worden waren, hörte die Säge wieder auf zu rasseln. Der Gärtner erschrak deshalb so, dass er durch eine ungeschickte Bewegung das Gleichgewicht zu verlieren drohte, was infolge seiner Bemühung dagegen endlich die Leiter dazu brachte, mit metallischem Geschepper umzustürzen. Die Motorsäge, die der arme Mann losließ, um seinen eigenen Sturz so glimpflich wie möglich zu gestalten, flog im hohem Bogen durch die Luft und verfehlte bei ihrer krachenden Landung um Haaresbreite die schwarze Hauskatze Berta, die in dieser Sekunde konzentriert zum Sprung auf einen gelben Schmetterling ansetzte, den sein erfolgreicher, anmutig schaukelnder Rettungsflug dicht über die Nase des Gärtners führte.

So war der Klimaschutz doch zu etwas nütze, dachte die Auftraggeberin, die sich, als sie dem Gärtner zu Hilfe eilte, freute, dass wenigstens der falsche Ast nicht dran glauben musste.

Im Wartezimmer

Ich war noch lange nicht der Nächste und setzte mich zwischen eine Frau und einen Mann. Wieder mal war der Platz neben einer hübschen Jüngeren bereits besetzt, die ich aber dafür umso besser beobachten konnte. Am Fenster saß eine Mutter, die ihr Kind zu beschäftigen hatte. Sie las verhalten aus einem Bilderbuch vor. Das Kind stellte immer neue laute Fragen. „Und wer ist das?" „Das ist der Vater." „Sieht aber gar nicht wie ein Vater aus, sieht aus wie dein Freund." „Sei still." „Was macht der da?" „Sieht man doch." „Nee." „Ich glaube, der hat sein Töchterchen an der Hand und geht spazieren." „Und der Hund?" „Der gehört dazu." „Warum?" „Weil der doch auch auf dem Bild ist." Ab und zu suchte die Mutter mit einem verlegenen Lächeln im Wartezimmer Verständnis dafür, dass alle dieses Frage- und Antwortspiel mitkriegten. Dann wandte sich ein älterer Mann an sie, wobei er seine verschränkten Arme nicht auseinander nahm:

„Ja die Gören können einen ganz schön löchern." „Ja", hauchte die Mutter, „die wollen immer so viel wissen." „Also mein Enkel", begann der ältere Mann wieder, „der hat mal wissen wollen, wieso ich denn seine Großmutter geheiratet hätte." Vorsichtiges Lachen im Wartezimmer. Die junge Hübsche hielt sich dabei die Hand vor Mund und Nase und warf mir einen Blick zu, den ich dankbar erwiderte. Der ältere Mann fuhr fort: „Ja, begann ich langsam, und mein Enkel sah mich neugierig an, das ist so eine Geschichte. Erzähl mal, sagte mein Enkel. Nun, sie war eben die Schönste." Wieder Lachen, etwas stärker sogar. „Sie war die Schönste, aber beinahe hätte nicht ich, sondern dein Großonkel sie gekriegt. Warum? Ja nun, der war auch ein fescher Mann damals, lebt ja nicht mehr, ist schon vier Jahre her, hat eben Krebs gehabt, unheilbar, leider." Dabei blickte der ältere Mann mit hochgezogenen Stirnfalten an sich herunter. „Und was dann, fragte mein Enkel. Dann? Also mein Bruder hatte so eine Art, alle Frauen in seiner Umgebung als für sich geschaffen zu betrachten. Wie meinst du das, das verstehe ich nicht. Ach so, na denk mal, wie das ist, wenn du meinst, alle Bälle, mit denen andere Kinder gerade

spielen, gehörten dir oder sind nur dafür da, dass du damit spielen kannst. Nee. Ja, nee, aber so war das eben bei meinem Bruder. Und deine Großmutter fand das natürlich angenehm, wenn außer mir noch jemand ihr den Hof machte – und das sogar noch mehr, als ich das tat. Weil, ich wollte ja nicht eine Liebeskomödie spielen, sondern –"
Die Sprechstundenhilfe kam herein: „Herr Mommsen bitte." Schon war sie wieder draußen und ich hörte, wie sie dem älteren Mann, der seine Erzählung unterbrechen musste, einen Platz auf dem Flur anwies. „Der Doktor holt sie gleich rein, Herr Mommsen." Schweigen im Wartezimmer. Das Kind fragte: „Was hat der Mann gesagt?" Die Mutter blickte verlegen in die Runde. „Er hat von seinem Bruder erzählt und von seiner Frau." Ich merkte, wie ich gerne auch etwas dazu gesagt hätte, an den Jungen gewandt, aber mehr für die Ohren der Hübschen: Die Liebe ist keine feste Größe, sondern ist den Schwankungen von Angebot und Nachfrage unterworfen. Wenn zwei sich mögen, tun sie das solange, wie es geht. Aber ich traute mich nicht, und so blieb dieser Gedanke unausgesprochen, zumal ich nicht wusste, ob ich überhaupt richtig lag

mit dieser Ansicht. Stattdessen meinte eine Frau mittleren Alters, könnte Sekretärin in einer Markenfahrzeugwerkstatt gewesen sein: „Wozu soll man das so früh schon genau wissen, ob man jemanden liebt und nicht einen anderen?" Sie strich dabei ihren Rock faltenlos, versuchte es jedenfalls, und war bei dieser Äußerung sichtlich verlegen, vor allem danach, denn sie hatte noch nie etwas in einem Wartezimmer gesagt. Und ganz sicher dürfte sie sich bei der Wahl ihres Mannes auch nicht mehr sein, zumal sie ihn womöglich seit einigen Monaten als Rentner zuhause erlebte. Das war kein großer Gewinn für ihre Ehe gewesen, vermutlich, jedenfalls danach zu urteilen, wie sie bei ihrem Statement dreinschaute. Es räusperten sich einige, und ihre Nachbarin, eine Russin, meinte: „Ist sich schwer das Leben manchmal, war auch mit gute Mann, aber in Russland. Er kommen nach, aber nicht gemacht hat das. Jetzt ich muss gucken, was überleben. Nur kleine Zimmer in Miethaus. Aber ist gut, kann ich nicht klagen. Nur fehlen die Mann." Und sie lächelte etwas gequält zu der Unsicheren hinüber. An der Fensterfront des Wartezimmers fuhr gerade eine Straßenbahn vorbei, ich folgte dem Gleitbügel die

Stromdrähte entlang, es gab einen Funken und regnete schon wieder.
Nun kam die jüngere Hübsche an die Reihe. Ihr Name wurde aufgerufen und als sie sich erhob, warf sie die längeren Haare mit zwei kleinen entgegengesetzten Schwüngen ihres Kopfes nach hinten, einer Bewegung, aus der sich der Rhythmus ihres leichten Ganges in Richtung Tür ergab. Sie blickte noch einmal kurz zurück, vielleicht wollte sie sich vergewissern, dass ich ihren Schritten mit den Augen gefolgt bin.
Ich war erleichtert, dass ich jetzt niemanden mehr anblicken musste, der oder die es nicht meiner eigenen Entscheidung überließ, dies zu tun oder zu lassen. Ich erwartete, dass das Kind sich, an den Schoß der Mutter gedrückt, wieder mit einer langgezogenen Frage melden würde, „Was haben die Frauen da gesagt?", aber es guckte nur, ebenso wie ich, der Hübschen hinterher, wobei es auf einem Bein mit dem daraufgestellten Fuß des anderen hin- und her drehte und sich mit der Hand in den Haaren herumfuhr. Das Schweigen, das sich nun ausbreitete, war von der Art, dass mit einer Wiederbelebung der kurzen Beiträge zur Wartezeit nicht mehr gerechnet werden konnte. Es war nur

noch gelegentliches Schniefen aus dieser oder der anderen Ecke sowie das Blättern in den Illustrierten zu hören. Doch dann sagte die Frau neben mir, mehr zu sich selbst, aber so, dass ich mich angesprochen fühlen konnte: „Mein Mann und ich, wir haben uns eigentlich nie richtig gemocht." Verblüfft von dieser Offenheit wollte ich vorsichtig wissen, ob sie denn noch mit ihrem Mann zusammen lebe. „Natürlich, natürlich, darum geht es ja nicht. Wir sind seit über vierzig Jahren verheiratet, und wir haben es auch gut gehabt, drei Kinder. Der Älteste so alt wie Sie ungefähr, Studienrat, die zwei Mädels, eine ist Krankenschwester, verdient nicht viel, ist aber mit einem Häuslebauer, wie ich immer sage, verheiratet, Bauunternehmer, wissen Sie, geht ihnen eigentlich nicht schlecht. Aber die Kinder machen mir Sorgen, gucken zu viel fern, weil beide halt im Beruf sind, naja, und die Jüngste macht gerade ihre letzten Prüfungen. Ökotrophologin, so eine Art Ernährungsfrau ist die und fängt jetzt erst an." „Womit, wenn ich fragen darf." „Ach so, ja, mit der Ehe, oder erst das Kennenlernen. Sie hat einen Freund, der gräbt aus in Ägypten und so sehen sie sich manchmal Monate nicht, aber für sie kommt nur der in Frage.

Bei uns war das anders. Wir kommen aus derselben Ortschaft, kennen uns schon von Kindheit an, passten vom Alter her gut zusammen. Na, dann haben wir eben geheiratet. Kurz nach dem Krieg, also in den fünfziger Jahren, konnte man da auch nicht besonders wählerisch sein, war halt so, du hattest deinen Mann entweder in der Nachbarschaft groß werden sehen, oder später irgendwo ganz plötzlich getroffen. Dazu musste man aber auch irgendwo mal hingekommen sein. Das war ja bei uns nicht. Aber jetzt bin ich dran, glaube ich, sind Sie denn auch verheiratet?", fragte sie beim Aufstehen, wollte aber die Antwort nicht mehr hören, in Gedanken war sie schon im Sprechzimmer.
Wieso erzählen die Leute so viel von sich heute, hier, wo sonst immer das dickste Fremdschweigen herrscht? Das fragte ich meinen Nachbarn, weil ich neugierig war, ob es in diesem Wartezimmer einen Bazillus gab, der die Distanz der Leute aufweichte. Ein sportlicher Rentner, wie mir schien, rötlich gebräunte Gesichtsfarbe, für die eine Erklärung am rechten beigefarbenen Hosenbein hing, eine Radler-Hosenklammer, naturfarbene Weste mit vielen Taschen, die er leger über die Lehne gehängt hatte, und ein

rostrotes Hemd, kurzärmelig. Er blickte mich überlegen von der Seite an, von unten nach oben, lächelte so, wie jemand ein fertiges Werkstück seinem Lehrling zum Nachmachen vorhält. „Das kommt schon manchmal, dass man mit einander spricht", sagte er, „meine Partnerin und ich, wir reden ziemlich oft über solche Sachen, wieso und warum. Jetzt hat sie zum Beispiel diese Entzündung an den Füßen, kann auch Pilz sein", raunte er leiser, „woher kommt denn sowas? Also gewaschen wird sich bei uns, daran kann es nicht liegen, könnte eine Art Neurodermitis sein - ist jetzt gerade vor der Frau da neben uns reingegangen zum Arzt, wissen Sie, die junge Hübsche." „Wie, das ist ihre Partnerin?", entfuhr es mir, und alle Patienten, die sich bisher nicht beteiligt gefühlt hatten, ließen ihre Illustrierten sinken, in denen sie gerade über Beziehungsprobleme zwischen Hugh Grant und seiner neuen Flamme, dieser Dressurreiterin, gelesen hatten. „Ja warum nicht, wird immer für jünger gehalten als sie ist, hat sich wirklich gut gehalten, aber, unter uns, kostet auch einiges, wenn ich neben der Rente nicht ein bisschen Vermögen hätte, könnte sie das alles nicht machen. Und diese Geschichte an den Füßen kommt ihr natürlich bei den ganzen Programmen dazwischen. Ich begleite sie ja nur, mir fehlt es, toitoitoi, an nichts außer, dass ich viel mehr Kürbiskerne kaue als früher, hahaha, sie verstehen, was ich meine." „Ach, haben sie damit gut Erfahrungen gemacht?", schaltete sich ein bärtiger Mann ein, der eine Lesebrille vorne auf der Nase balancierte, „ich nicht, ich brauche was anderes, zum Beispiel Sabal, diese Säbelzahn- äh, Sägepalmblätter, von den chemischen Hormondingern halte ich Abstand, denn..." „Herr Geiger bitte." Ich vermutete, dass er gerne noch auf zukünftige Aussichten seines männlichen Daseins zu sprechen gekommen wäre.

„Also das ist ihre Partnerin", vergewisserte ich mich noch einmal, wobei der Zweifel nicht der Person, sondern eher ihrer Eignung galt. Aber der Herr neben mir schien nun das Gespräch nicht weiter vertiefen zu wollen, hatte er doch nicht damit rechnen können, in einem Wartezimmer, in dem ein Kind seine Mutter mit unüberhörbaren Fragen in Verlegenheit bringt, von einem anderen Patient, der, so mochte er argwöhnen, für seine Partnerin vielleicht die geeignetere Bezugsperson zu weitaus mehr Dingen als zur Begleitung in die Praxis eines Hautarztes gewesen wäre, hinsichtlich der offenherzig geäußerten Inhalte einer Zufallsunterhaltung in ernste Zweifel gezogen zu werden.

Hilferuf

Weil er sich zu sehr seinem Teller mit Lachs und Brokkoli widmete, waren ihm Einzelheiten eines erzählenswerten Vorkommnisses entgangen, von dem seine Tischnachbarin, eine Dame um die Sechzig, als erstrangige Zeugin berichtete. Jedoch nicht ihm, der jedes Wort mit heimlicher Neugier vom Nachbartisch abpflückte, sondern einer Begleiterin am Kaffeetisch.
Er war sich nach diesem Bericht aber nicht sicher, wer wen zuerst und in welcher Reihenfolge über das weltweite Kommunikationssystem „WhatsApp" zu erreichen versuchte. Oder aber mit verhängnisvollem Ef-

fekt zwar auf technischer Ebene Erfolg hatte, jedoch nicht auf der einer komplikationslosen inhaltlichen Verbindung zwischen Absender und Empfänger. Sonst hätte er verstanden, warum Frau A plötzlich an der Haustür der benachbarten Familie B klingelte, alarmiert durch die Nachricht "komm bitte schnell rüber, er bedroht mich" und Frau B überrascht öffnete, aber noch überraschter war, als Frau A fragte: "Wo ist er, der Kerl?"und dabei auf ihr Handydisplay zeigte. Dort las sie: „Dein Mann stellt mir nach!", weshalb Frau B sie mit ungläubiger Verwunderung ansah und Frau A Frau B, da diese Frau in ihren Augen selbst die wildesten Eskapaden ihres Mannes, die sie diesem jedoch niemals zutrauen würde, kaum herausgefordert haben dürfte. Ein weiterer Blick auf das Display bestätigte dann gewissermaßen diese Einschätzung, da die Bedrohung offenbar nicht Frau B galt, sondern Frau C von gegenüber, denn die war in gefährlicher Weise attraktiv und es handelte sich tatsächlich bei näherem Hinsehen um sie als Absenderin des Hilferufs. Sie hatte sich also geirrt. Oder war es vielleicht der Versuch einer Dritten, die möglicherweise die Adresse verwechselt und Frau C statt Frau B erreicht haben könnte in der Absicht, diese von den Nachstellungen des Mannes von Frau A abzubringen, indem die verwechselte Frau B mit den Aushäusigkeiten ihres eigenen Mannes konfrontiert werden sollte, auch wenn sie nur erfunden worden sein sollten, um sich auf diese Weise Gelegenheit zu verschaffen, ihrerseits das Interesse des Mannes von Frau A auf sich zu ziehen? Oder war es vielleicht doch Frau C gewesen, die sich an Frau A rächen wollte, weil deren Mann nicht ihr, aber ihr eigener Mann Frau A nachstellte?

„Ach, glauben sie mir, junger Mann, das ist ja gar nicht wichtig", antwortete die Dame mit hochgezogenen Augenbrauen lächelnd und schien mit ihrer Hand irgendetwas aus der Luft vor ihr zu fächeln, „das wissen die doch selbst nicht, mit ihren ewigen Guckies vor der Nase! Hauptsache aufregende Neuigkeiten über die Nachbarin! Ist doch so, nicht wahr?" „ Na!", pflichtete ihr die Begleiterin bei, während sie mit spitzen Fingern ihre Tasse zum Munde führte.

Der Füllfederhalter

Als der Mann, der die Suche aufgegeben und sich in das Schicksal, nunmehr mit Fremdheitsgefühlen in den Fingern bei der vertrauten Tätigkeit des Zeichnens und auch des Schreibens im Wahrnehmen und Denken gehemmt zu sein, zu fügen begann, und, nachdem seine Frau, ahnungslos über den Grund seiner Verstimmtheit, in einem dunklen Winkel einer Garderobe im Haus auf einen ungewöhnlichen, dort kaum zu erwartenden Gegenstand gestoßen war, eine schwarze Hülse, die zu einem Füllfederhalter passen mochte, weshalb sie in der Annahme, dass, wenn dies zuträfe, es sich nur um einen Teil des Schreibgeräts ihres Mannes handeln konnte, diese Hülse also auf seinen Schreibtisch gelegt hatte, der Mann das Gesuchte dort teilweise erblickte und mit großen Augen zur Kenntnis nahm, dass, entgegen seiner Annahme, ein Füllfederhalter wie der eigene könne unmöglich in einer Jackentasche, deren Breite dessen Länge entsprach, sich von seinem Vorderteil trennen und dann, wie durch ein Wunder beim Herausnehmen dieses Vorderteils eine Art heimliche Flucht in jenen dunklen Garderobenwinkel antreten, in welchem seine Frau wenigstens dieses gefunden hatte, und ihm jetzt bewusst wurde, dass alles tatsächlich so geschehen sein musste, setzte er sich stumm auf einen Stuhl und betrachtete, nachdenklich darüber, wie beschränkt seine Vorstellung von dieser Wirklichkeit doch war, mit liebevoller Entgeisterung seine Frau, die jedoch mit dem alleinigen Finden der Hülse bei ihrem Mann dramatische Phantasien über das Schicksal seines hülsenlosen Füllfederhalters heraufbeschwor.

Begegnung in Bremen

In Bremen gebürtige Zwillingsschwestern, die infolge ihrer der Übereinstimmung nahen Ähnlichkeit einander außergewöhnlich zugeneigt waren, sich aber wegen der Heirat der einen, Flora, nach Kanada, wo sie inzwischen eine Familie mit drei halbwüchsigen Kindern besaß, und wegen der anderen, Lisa, die Schauspielerin an verschiedenen großen Bühnen war und auch bei vielen Filmen mitwirkte, sehr selten sahen, wobei sie aber häufig miteinander telefonierten, begegneten sich in Bremen seit langem einmal wieder, weil ihre Mutter, die dort noch lebte, neunzigjährigen Geburtstag feierte.

Die Begegnung fand im Garten der Mutter statt. Schon als Kinder hatten sie dort miteinander gespielt. Und so kamen den beiden Frauen zur gleichen Zeit übereinstimmende Erinnerungen an die Kindheit, in der sie, wie es damals bei Zwillingen üblich war, gleich gekleidet waren mit einem hohen Anteil Rosa bei allem, was sie anhatten. Es fiel ihnen, als sie jetzt im Garten aufeinander zugingen, sofort auf, dass sie das gleiche Tuch um die Schultern trugen, ein gelblich Geblümtes aus Seide, und dass ihre Schuhe mit hohen Absätzen so gut wie übereinstimmend aussahen, obwohl doch die Hersteller in Kanada und in Deutschland, etwas, was es damals noch gab, da die Globalisierung sich erst in einem frühen Stadium befand, nämlich unabhängig voneinander waren.
Von den Frisuren brauchen wir erst gar nicht zu reden. Wie selbstverständlich wurde auch von den umstehenden anderen Gästen der Mutter bemerkt, dass Lisa und Flora hinten das Haar ganz kurz trugen, nackenfrei, und vorne mit einer etwas längeren, hell hervorgehobenen Strähne, was beiden in Ausdruck und Auftreten etwas Burschikoses verlieh.
Nun waren sie nur noch weniger als ein Meter auseinander, breiteten die Arme aus, und

flogen mit einem erlösenden Lächeln, das von einem Seufzer begleitet war, ineinander, Kopf an Kopf, eng umschlungen.

Dabei knickte Lisa ein ganz klein wenig mit ihrem Schuh zur Seite und wurde von Flora umso fester gehalten. So blieben sie eine ganze Weile stehen, während ihnen Tränen die Wangen hinab liefen und sich zur Mitte hin vermischten.

Als sie sich unter den gerührten Blicken der Mutter und der Umstehenden endlich wieder trennten, um sich gegenseitig in die Augen zu schauen, verzogen sie beide schmerzhaft den Mund. Ihren Kopf hielten sie beide so, wie er seitlich geneigt wurde, als sie ihn an den der Schwester drückten. Sie konnten ihn nicht mehr gerade richten. Jeder Versuch verursachte unerträgliche Schmerzen. Die Freude ihrer Wiederbegegnung mussten die Zwillingsschwestern teuer damit bezahlen, dass sie bei der Umarmung wegen einer kleinen Asymmetrie der Schuhabsätze sich symmetrisch den Hals verrenkten und nun gemeinsam den Abtransport ins Krankenhaus abwarteten.

Kopftuch

In Anlehnung an die literarische Miniatur Kafkas „Auf der Galerie", in der ein Zirkusbesucher in tiefe Verzweiflung über die heiter erscheinende Realität versinkt, könnte man formulieren:

Wenn eine junge Frau ihren Kopf, ihr Haar, nur bedeckte, weil sie stets fürchten muss, von gierigen Männerblicken behelligt zu werden, die ihr zufällig begegnen, was Gott nach ihrer Überzeugung ihr selbst als Schamlosigkeit und Sünde anrechnen würde, wäre es ein Gebot der Vernunft und der sekularisierten Moral, der jungen Frau zu Hilfe zu eilen, um sie von ihrem Wahn zu heilen.

Da es aber nicht so ist, die junge Frau genauso gut auch ohne Kopftuch eine fromme Muslima sein könnte, wie es viele andere Frauen beweisen, das Kopftuch in Folge dessen keinerlei Norm, nur ihrem eigenen, bestenfalls einer Tradition zugeneigten, individuellen Bedürfnis entspricht, oder aber von Eltern oder Ehemann erzwungen gar nichts mit einer Unterwerfung unter das Gebot des Korans bezüglich der Natur oder des Rechts der Männer auf Schamlosigkeit zu tun hat, die eine Frau mit ihrem Kopftuch ja gewissermaßen erst konditioniert, sollten wir, die wir ihr nicht zu Hilfe eilen brauchen, da sie sich in keinerlei religiöser Not befindet, in Scham versinken darüber, dass wir das Kopftuch für ein entsprechendes Symbol gehalten haben, das den Schulfrieden stören könnte, wenn die junge Frau mit dem Kopftuch eine Lehrerin wäre.

Maler und Modell

Dem Modell fiel, während es sich gerade wieder ankleidete, die beobachtende Art eines Zeichners auf, mit der er gleichzeitig seine Utensilien in einer Tragetasche verstaute und ihr, denn es handelte sich um eine junge Frau, beim Ankleiden zusah. „Nein, nein", beteuerte er, als das Modell ihn deswegen ansprach, „nein, ich habe Sie nicht beobachtet, wie Sie vielleicht missverstehen könnten, als eine Frau, die etwa kein Modell gewesen wäre, als welches ich Sie ja gerade ausgiebig studiert habe, und sich jetzt nur verhielte wie jede andere Frau, die aus welchen Gründen auch immer, eben noch nackt war und deswegen Blicke auf sich ziehen mochte und sich ankleidete, um sich dieser Art Blicke zu entziehen, - nein, nein", schüttelte er den Kopf mit dunklem, leicht ergrauten, lockigem Haar.

Das Modell, inzwischen vollständig angezogen, erwiderte daraufhin: „Ihre Erklärung klingt nach einer vorsorglichen Entschuldigung für Blicke, die nicht dem Modell gegolten hätten, sondern meiner Nacktheit als solcher. Finden sie nicht, dass Sie mir diesbezüglich etwas Schmeichelhafteres hätten sagen können oder mögen?" Der Maler überlegte einen Augenblick mit niedergeschlagenen Augen und antwortete dann leicht errötend: „Nein, nein, so wie Sie es aufgefasst haben, war es ja nicht gemeint. Ich meine, dass ich Sie nicht etwa nicht gerne aus dem für Sie schmeichelhaften Grund angeschaut hätte. Dieser Grund war sogar, wenn ich Ihnen gegenüber ganz ehrlich sein darf, ein nicht unwichtiger Teil des Motivs, Sie anzuschauen, dies jedoch vor allem aus künstlerischer Neugier, wie Sie, anders als wenn Sie für uns Zeichner posieren, sich bewegen, Ihr Körper sich gewissermaßen wieder als Teil der alltäglichen Wirklichkeit, aus der Sie als Modell ein wenig entrückt sind, zeigt, was mir, das kann ich nicht verhehlen, sehr gefallen hat, wie Sie vielleicht beobachtet haben könnten."

Das Modell antwortete darauf nicht, ließ aber, während es sich zum Gehen umwandte, für einen kurzen Moment den Blick auf dem Zeichner ruhen, wobei ein kleines, wie mit einem Pinselstrich hingezaubertes Lächeln, wie ihm schien, über das sonst unbewegliche Gesicht der Frau huschte.

Küchenschatten

Der zitternde Schatten einer gerade geschälten Kartoffel bei Kerzenschein, in die eine bei ihrer Annäherung aufreizend gespreizte Gabel sticht, selbst einen Schatten werfend, der an den Wänden hochklettert bis er im Deckendunkel verschwindet, gehört zu einer romantischen Küche. Aber auch jene Schatten, die zwischen gegeneinander gelehnten Schneidbrettern, Tabletts und Topfuntersetzern entstehen, auch sie flackernd wie die Kerzenflamme. Jedoch mit feineren

Folgen, da die geringeren Abstände zwischen den genannten Utensilien den schmalen, nach oben spitz zulaufenden Schatten nur einen allzu kleinen Spielraum für eine Bewegung, ein Hin- und Herspringen, lassen, ohne dass sie schon wieder, von der benachbarten Schneidebrettfläche zum Beispiel, überdeckt werden.

In die Betrachtung solcher Schatten versunken stieg in ihm, der ja ebenfalls irgendeinen Schatten warf, die Frage auf, in welcher Position, an welcher Stelle im Raum, in dieser Küche, er sich befinden müsste, damit sein Schatten, ohne dass es in ihren Augen nach einer übertriebenen Annäherung aussehen würde, den ihren erreichte, ohne ihn zu überdecken, so dass sein Schatten den ihren nur leicht berührte.

Erklärung

Weil er sie viele Male während des Essens anstarrte, hatte er zuletzt, als er seine Rechnung bezahlte, das Gefühl, ihr verpflichtet zu sein. Wenigstens schien es ihm unvermeidlich, dass er sich bei ihr, obwohl sie es vielleicht gar nicht bemerkt haben könnte, für sein, anderen gewiss aufdringlich erscheinendes Verhalten entschuldigte. Also näherte er sich ihrem Tisch und begann, während er mit dem Fuß versehentlich ein Stuhlbein anstieß, eine Erklärung abzugeben. „Bitte seien sie so freundlich, eine Erklärung für mein ungebührliches Verhalten anzuhören. Ich beobachte Sie schon vom Anfang des

gemeinsamen aber unabhängigen Aufenthalts auf dieser Terrasse an, obwohl Sie nicht in meiner von der Position meines Stuhls bedingten Blickrichtung sitzen. Der Grund dafür, dass ich Sie vielleicht sogar anstarre, ist ein künstlerischer und kein persönlicher, auf keinen Fall beleidigender. Es ist vielmehr so, dass das Himbeerrot Ihrer Weste so anrührend gut zu der Dunkelheit Ihrer Haarfarbe passt, dass ich – als Maler – gar nicht anders kann, als Sie unentwegt anzusehen. Damit möchte ich aber, um einem Missverständnis vorzubeugen, nicht sagen, dass es nur wegen des Farbkontrastes war, Sie mir aber sonst gleichgültig wären. So etwas könnte ich nicht sagen, im Gegenteil, ich glaube, dass ich Sie auch ohne dass mich Ihre Farben auf sich aufmerksam gemacht hätten, sympathisch finde."
Sie nahm die Erklärung zur Kenntnis und antwortete: „Es ist sehr freundlich von Ihnen, mir so viel Aufmerksamkeit zu widmen, dass Sie mir sogar eine solche Erklärung vortragen. Aber ich möchte Ihnen zu bedenken geben, dass es ganz natürlich ist, wenn sich ein Gast an einem anderen Tisch von einem Farbkontrast wie dem bei mir nicht unabsichtlich vorherrschenden angezogen fühlt

und sich deshalb wiederholt von der durch seinen Stuhl vorgegebenen Blickrichtung ablenken lässt. Bitte seien Sie aus diesem Grund wegen Ihres Verhaltens nicht übermäßig besorgt. Zumal es auch mir nämlich ein Bedürfnis war, zu Ihnen hinüber zu sehen, da mich Ihre Art, ständig in einem kleinen Büchlein zu schreiben, neugierig gemacht hat. Bitte seien auch Sie unbesorgt, dass meine Aufmerksamkeit Ihnen gegenüber nur aus dieser Neugierde bestünde. Vielleicht hat sich da hinein auch ein wenig Sympathie gemischt, durch welche die Neugierde Ihrem Schreiben gegenüber etwas beständiger wurde und ich, wie Sie ja bemerkt haben, Ihr Hinübersehen mit dem meinen in Einklang gebracht habe, der jedoch nur wenige Sekunden bestand, so wie die Kontur einer Wolke schnell ihre Übereinstimmung mit der Form eines Berges unter ihr verliert."

Missverständnis an der Kasse

Als eine Dame mit hellem Karmin auf den vollen Lippen, großen, dunklen Augen und kastanienfarbenem, welligem Haar, das ihr bis auf die Schulter hing, bemerkte, dass der Mann hinter ihr seine Einkäufe, die er mit beiden Armen an seinen Körper gedrückt hielt, auf das Kassenförderband gleiten ließ, bot sie ihm, da sie gerade an der Reihe war, den Vortritt an. Der Mann blickte sie, während er vorsichtig noch eine Flasche Wein auf dem Band platzierte, mit einem leicht verwirrten Augenaufschlag an, bedankte sich für die Freundlichkeit, aber antwortete ihr, dass sie ruhig bezahlen solle. Die schöne

Dame musterte ihn und zog fragend ihre Brauen hoch, was den Mann veranlasste, ihr zögernd zu erklären, dass er ihr Angebot nicht annehmen könne. Die Wirkung des Glanzes ihrer Augen und ihr tiefer Ausdruck würden in seinen Augen einen Widerschein hervorrufen, der ihn ihr als ein Besonderer erscheinen ließe, als ein besonderer Mann. Dies, das gegenseitige Spiegeln von Glanz, lasse ihn befürchten, dass ihr Angebot, so sehr es ihn auch berühre, nur dem von ihm gleichsam an sie zurückgestrahlten Widerschein ihrer Schönheit geschuldet und deshalb nicht gerade selbstlos sei.

Daraufhin ließ die Dame ihren Blick länger auf ihm ruhen, als es in der Warteschlange an einer Supermarktkasse üblich ist, und antwortete ihm. „So sehr ich Ihren Einwand respektiere, Sie sollten wissen, dass ich mich von ihren Skrupeln nicht berührt fühle, da ich tatsächlich ein Motiv für mein Angebot habe, das nichts mit Ihnen und mir zu tun hat. Da Sie dieses Motiv nicht erraten können, nehme ich Ihnen Ihre komplizierte, aber schmeichelhafte Ablehnung nicht übel. Die Kassiererin hier, Olga Swetlana, sie und ich hegen seit langem Sympathie für einander. Wir nutzen die Gelegenheit für ein klei-

nes Schwätzchen, wenn sie sich wie heute bietet, und es keine Ungeduldigen in der Reihe gibt, die sich darüber ärgern würden. Gerade sind hier nur wir beide wartende Kunden. Olga ist wie ich gebürtige Russin und so könnte ich, wenn Sie meinem Angebot folgen würden, mit ihr einige Minuten sprechen, verstehen Sie?"
Der Mann trat einen Schritt zurück und schwieg einen Moment. „Nehmen sie es mir nicht übel", versuchte er zu beschwichtigen, wobei er ein wenig errötete, „ich hatte nicht erwartet, dass... ich liege sozusagen daneben." „Mit dem „Daneben" liegen Sie richtig", schmunzelte die Russin mit dem hellen Karmin auf den Lippen, „aber wenn wir jetzt zur Übereinstimmung gekommen sind" – vielleicht hatte sie nicht genau diese Ausdrucksweise benutzt – „nehmen Sie bitte mein Angebot an." Dabei blickte sie liebevoll auf Olga, die Kassiererin.
Als der Mann seine Quittung entgegengenommen hatte, und später nach ihm die schöne russische Dame die ihre, verabschiedeten sich beide mit einem Händedruck und einem Blick in die Augen.
Zuhause beim Auspacken seiner Einkäufe aus der naturfarbenen Leinentasche, fiel ihm

der kleine längliche Quittungszettel in die Hände. Auf ihm fand er jedoch nur einen einzigen Artikel verzeichnet, die Schachtel Zigaretten, die sich eben jene zuvorkommende russische Dame gekauft hatte, deren Parfum noch immer auf erregende Weise seinen Atem belagerte und deren Karmin ihm noch vor Augen stand.

Ob auf der Rückseite der verwechselten oder gar absichtsvoll in seiner Tasche gelandeten Quittung eine Telefonnummer stand, wer weiß?

Budapest

Als die attraktive Reisende, die ihren smaragdgrünen Rolli neben sich führte, als wäre es ein braves Kind, ihre Handtasche, die sie bis zu diesem Augenblick über der linken Schulter trug, jetzt mit dem Riemen auch über den Kopf zog, wobei sie ihr locker fallendes Haar wieder mit einem endgültigen Schwung zurecht schüttelte, fielen ihr die beiden Leute auf, ein Paar, das seine erschöpft wirkenden Kinder auf dem Arm trug, jeder eines, und mit dem anderen, freien Arm einen älteren Koffer hinter sich herzog sowie eine große Tasche, wobei beide noch eine Rucksack trugen, und sie blickte ihren Mann an, einen gut aussehenden Mittvierziger mit angegrautem Haar, der wie sie einen grünen Rolli schob und dabei suchend um sich blickte. Auf dem Bahnsteig standen zwei Züge, einer hatte das Reiseziel Antalya, was oben an der Anzeigetafel mit den Umsteigestationen zu lesen war, Abfahrt 12 Uhr 5. Als das Paar mit den grünen Rollies eingestiegen war in diesen Zug, blieb das Paar mit den Kindern vor einem anderen Zug stehen. Dort öffneten sich die Türen nicht, um sie und die vielen anderen, die im Bahnhof von Budapest zusammengedrängt waren, an jenes wohlklingende und beruhigende Reiseziel Wien zu bringen, von wo aus sie an einen sicheren Ort zu gelangen hofften. Das Paar im jetzt bereits ausfahrenden Zug hatte es sich bequem gemacht in einem der Großraumwagen mit gedämpfter Akustik, zog die Jalousie ein wenig herunter, sah sich in die Augen und dachte besser an nichts, während das Smartphone in der Tasche sich meldete, einfach durch seine ablenkende Gegenwart.

Die kleinen Quadrate

Als G. aus schweren Träumen erwachte, fand er sich, den kleinen Tablet-PC noch in der Hand, in seinem aufgewühlten Bett. Nach dem unersättlichen Gebrauch dieses Gerätes dazu, sich bis tief in die Nacht in immer neue Bildwelten entführen zu lassen, waren ihm schließlich die Augen zugefallen. Wie er am Morgen nun mit verquollenen Augen so dalag und auf den Entschluss wartete, aufzustehen, kamen ihm wieder die Bilder seines Traums in den Sinn.

Auf einer großen, dunklen Fläche, welche die Welt darstellte, befanden sich kleine quadratische Bilder. Wenn er sie antippte, wurde aus ihnen eine Fotoserie, ein Film, und ein Buch, dessen Sprache er aber nicht verstand. Oder eine neue Fläche mit neuen kleinen quadratischen Bildern, die er auch nur anzutippen brauchte, um sie ihrerseits in Fotoalben, Filme, oder unleserliche Bücher zu verwandeln.

Das Besondere an all diesen Angeboten war, dass er selbst darin vorkam, zumindest in den Fotos und Filmen, und sich dort erneut einer großen dunklen Fläche gegenüber sah, auf der sich kleine Quadrate befanden. Diese ließen sich abermals in Angebote verwandeln, in denen er, wenn er sie antippte, wieder selber vorkam.

Dabei konnte er durch einen Schatten, der hinter ihm zu stehen schien, mit langem Finger auf einem Popup-Fenster zwischen immer wieder neuen Möglichkeiten wählen, in welchem seiner zurückliegenden Lebensalter er sich befinden wollte im jeweiligem Angebot, für das er sich durch Tippen auf ein Quadrat entschieden hatte.

G. glaubte in seinem Traum, an den er sich in seinem Bett liegend erinnerte, dass dies sein Leben sei, da er sich an nichts Anderes erinnern konnte, als an das, was in den jeweiligen Bildern, die er antippen konnte, schlummerte, innerhalb seines Traums.

Nach einer Weile, deren Dauer er nicht ermessen konnte, ließ die Erinnerung an diesen Traum langsam nach, und er entdeckte, dass er währenddessen unentwegt auf das Display seines Tablets gestarrt hatte, auf dem sich die geträumten kleinen Quadrate zum Antippen befanden. Und nun sah er, wie der Schatten hinter ihm, den er nicht erwartet hatte, da er jetzt doch wach war, in einem Popup-Fenster eine Entscheidung über G.´s Lebensalter zu treffen versuchte. Nur gab es jetzt kein Auswahlmenu mehr. Kurz darauf blendete sich die folgende Mitteilung ein:

„Der Browser reagiert nicht. Wollen sie warten oder beenden?"

G. kam dem Schatten zuvor und entschied sich, das Bett verlassend, für die Option „Beenden".

Virtuell

Von Neugier getrieben begab sich ein Mensch in die Welt eines Computerspiels. Wie er sich den Zugang dazu verschaffen konnte, blieb sein Geheimnis. Bei der Erkundung dieser Welt geriet er schon bald auf eine Autostraße, die sich kurvenreich durch eine hügelige Landschaft zog. Hier herrschte nur mäßiger Verkehr. Die gelegentlich an ihm vorbeisausenden futuristischen Fahrzeuge, in denen er schemenhaft Fahrer sitzen sah, schienen sich an ihm nicht sonderlich zu stören, vorsichtshalber lief er den hellen Mittelstreifen entlang. Nach einigen hundert Metern seines Wegs beschäftigte ihn die Frage, ob er nun Bestandteil des Spiels geworden, oder als realer Mensch für dieses vielleicht bedrohlich sei. Zur Klärung dieser Frage wagte er einen gefährlichen Selbstversuch. Er legte sich quer auf die Fahrbahn und wartete darauf, überfahren zu werden. Zu seiner Verwunderung ignorierten die virtuellen Autofahrer ihn nicht, sondern wichen ihm aus. Dabei kam es zu mehreren dramatischen Situationen. In einem Fall wurde ein Sportfahrzeug , das sich mit hoher Geschwindigkeit genähert hatte, infolge eines Ausweichmanövers über eine seitliche, begrünte Böschung schließlich aus der nachfolgenden Kurve getragen, wobei seine Geschwindigkeit dazu führte, dass das Fahrzeug sich mit den Vorderrädern zuerst in die Luft erhob und schließlich mit dem Heck auf dem tieferliegenden Kurvengelände landete, dabei auf das Dach und so bis zur nächsten Kurve über die Grünfläche rutschte, bis es, wieder auf der Fahrbahn, mit einem entgegenkommenden Fahrzeug krachend zusammenstieß. Kurz darauf näherten sich zwei Autos, die eine Art Rennen zu fahren schienen, wobei das Erste in bedrohlicher Nähe des noch immer auf der Fahrbahn liegenden Menschen auf die Böschung fuhr, wohin ihm der nachfolgende Wagen folgte, und mit einer großen schrägen Kurve vorbei an dem liegenden Körper die Straße überquerte, um nach einer weiteren Kurve auf dem etwas tiefer liegenden, weichen Gelände, in dem die Räder des Fahrzeugs tiefe Spuren hinterließen, unmittelbar vor dem Mensch auf dem Boden zum Stehen kam.

Der aussteigende Fahrer, ein Rennfahrertyp mit kantigen Gesichtszügen, wandte sich mit einem flüchtigen Blick auf den Menschen an den Piloten des zweiten Wagens, der auf der seitlichen Böschung angehalten hatte, und rief ihm zu: „War ein bisschen zu weit, die Kurve, aber sonst hätte ich den hier überfahren!" „Ja", antwortete der Fahrer auf der anderen Straßenseite, der sich nun mit einem geknickten und einem gestreckten Bein an der Böschung neben dem schräg stehenden Auto aufgestellt hatte, die offene, leicht nach unten hängende Fahrertür lässig hin- und her bewegend, „ich hab`s geseh´n. Was fehlt dem denn?" „Weiß nicht, kann ja mal fragen." „Mach das." „Hey Sie da, warum liegen Sie auf der Straße, alles ok?" „Ja, doch ja, entschuldigen Sie, ich wollte nur einmal ausprobieren …", „Was wollten Sie ausprobieren, ob wir Sie im letzten Augenblick sehen, Mann? Was ist das denn für ein Spielchen, Mann?" „Was sagt er?", rief der andere Fahrer. „Nichts, wollte ausprobieren, wie lange er noch lebt, hahahaha!" Inzwischen hatte sich der Mensch aufgerappelt und stand nun vor dem ersten Fahrer. „Ja", begann er mit einer Erklärung, „ich bin ja gar kein Teil des Spiels, sondern ein realer Mensch, wissen Sie. Aber ich bin froh, dass Sie mich nicht überfahren haben, hätte ja auch bös ausgehen können." „Allerdings", antwortete der Fahrer, „aber was machen Sie denn hier?" „Naja, eben ausprobieren, ob ich zum Beispiel, wenn Sie nicht gestoppt, oder ein Ausweichmanöver gemacht hätten, jetzt noch leben würde." „Hier stirbt man aber nur virtuell", antwortete der Fahrer und setzte in Richtung seines Kollegen die Frage hinzu, „stimmts, Bill?" „Stimmt", antwortete dieser und fügte hinzu, „der arme Teufel da vorn mit dem Auto, das auf dem Dach liegt, dem ist gar nichts passiert." „Also wäre ich auch mit dem Leben davon gekommen, was meinen Sie", fragte der Mensch nun laut in Richtung des Fahrers an der Böschung.

„Weiß nicht, Mister. Ich an Ihrer Stelle würde es nicht noch einmal probieren!" Als sich der Mensch danach wieder dem ersten Fahrer zuwandte, war dieser um einen Kopf kleiner geworden, er war bis zu den Knien im Straßenasphalt eingesunken. „Oh, was passiert mit Ihnen?", fragte der erschrockene Mensch, „können Sie mich noch erkennen?" „Ja, keine Sorge", antwortete der weiter versinkende Mann vor ihm, „ich wundere mich nur, dass ich Sie immer mehr von unten sehe, ich dachte Sie machen einen Scherz, aber Sie sind wohl wirklich nicht von hier." Der Versinkende bestand jetzt nur noch aus seinem Kopf, der sich aber auch bereits im Übergang zu dem Asphaltbrei um ihn herum befand. Fassungslos blickte der Mensch zu dem anderen Fahrer hinüber, der immer noch lässig neben seinem Auto stand. „Was passiert da?" „Nichts", antworte dieser, „es passiert nichts, was soll schon passieren, Mann. Ich muss weiter, grüßen Sie Henk, aber machen Sie schnell, Sie können seinen Wagen nehmen, es ist nicht weit bis zum Ende der Straße. Wenn es nicht mehr weiter geht, ist es aus. Dann müssen Sie neu starten. Ich wünsch´ Ihnen was, passen Sie auf sich auf!"

Bei diesen Worten stieg der Fahrer wieder in sein gestreiftes Auto mit riesigen Heckflügeln, das sich mit raketenhafter Geschwindigkeit aus dem Blickfeld des Menschen entfernte.

Der alte Senator

Als mir vor einigen Tagen in einem Laden, in dem es unter vielen anderen häuslichen Utensilien auch Waffen zu kaufen gab, ein ehemaliger Senator der Hansestadt begegnete, war ich mit einem kleinkalibrigen Schnellfeuergewehr in der Hand, das ich gerade wieder ins Regal zurückstellen wollte, erstaunt, diesen stadtbekannten, hoch aufgeschossenen, vor allem bei jungen, exotisch wirkenden Frauen wegen seiner ausdrucksstarken Zähne, die er bei jedem Lächeln entblößte, beliebten alten Herrn hier zu treffen, und fragte ihn, was ihn denn in diesen Laden führe. Er antwortete mit ernster, aber dennoch lächelnder Miene: In unserem Haus wohnen Menschen, die sich wegen ihres hohen Alters fürchten, die Tür des Hauses ohne Gewehr im Anschlag zu öffnen. Verstehen Sie? Irritiert zögerte ich mit dem Hinweis, dass er zum Erwerb einer Feuerwaffe – „Wie Sie eine gerade in der Hand hatten?" „Ja!", unterbrach er mich - einen Waffenschein brauche, fuhr ich fort. „Ach wissen Sie", antwortete er grüblerisch und sah mich unter hängenden Augenliedern, die seinem Ausdruck etwas Verständnisvolles gaben, geradewegs an, „das ist schon wieder ein Beweis für die sogenannte Scheindemokratie, die wir hier haben. Immer braucht man für irgendetwas Scheine. Ohne sie darf man ja eigentlich auch nicht sterben." Aber es sei doch ungesetzlich, erwiderte ich, als würde ich wie Josef Beuys einem toten Hasen die Kunst erklären. „Das ist richtig", räumte der alte Senator ein, aber die Gesetze sind ja vor allem für diejenigen gemacht, die sie missbrauchen wollen, wissen Sie. Und das haben wir ja nicht vor – nicht wahr?" Danach wandte er sich suchend an einen Verkäufer hinter einem alten Verkaufstresen. „Ach bitte, junger Mann, wo haben Sie Büchsenfett? Jetzt kommt der Winter und da kann man nie wissen, wer vor der Türe steht. Der Regen oder vielleicht sogar der Schnee?"

Der Besuch

Ein Mann, der in Übereinkunft mit einem Freund, beide gegen die Achtzig gehend, diesem einen Besuch abstatten wollte, weil es besser sei, nicht erst am Grab des anderen sich das letzte Mal „zu sehen", machte sich auf den Weg mit Bahn und Bus, erreichte sein Ziel unbeschadet, hatte aber das Pech, nach kurzer gegenseitiger Begrüßung infolge eines unbedachten kleinen Schrittes im Halbdunkel eines regnerischen Tages in einen Kellerabgang zu stürzen, von wo er von einem Rettungswagen abgeholt und in die

Ambulanz transportiert wurde. Der besuchte Schulfreund konnte ihn am folgenden Tag zwar noch einmal im Krankenhaus still und mit geschlossenen Augen auf weißem Linnen liegend sehen, musste aber wenige Tage später, in denen der Freund sich nicht wieder erholte, endgültig am Grab Abschied von ihm nehmen, in das den Mann die Besuchsreise geführt hatte.

Roland von Bremen

Als er aus dem Arkadenschatten des Bremer Rathauses heraus auf den Schütting blickte und die Fenstergiebel an der Fassade dieses altehrwürdigen Sitzes der Bremer Kaufmannschaft zählte, wobei ihm die überhängenden buschigen Augenbrauen teilweise die Sicht im oberen Bereich des Sehfelds nahmen, kam ihm das Profil eines Mannes im fortgeschrittenen Alter, den er plötzlich bemerkte, zu bekannt vor, als dass er sich weiter mit den Details jenes Renaissance-Bauwerks, das den Marktplatz an der anderen Seite säumte, hätte beschäftigen können.

Während die Gestalt seines plötzlichen Interesses von der Mittagssonne beschienen an den Arkadenbögen entlang schritt und einen zufälligen Blick seitlich in deren Dunkelheit warf, war es diesem sommerlich modisch gekleideten älteren Herrn, als kauerte dort einer, der unter der Patina des Alters, der Vernachlässigung und erkennbaren Armut einem sehr guten Bekannten aus früheren Zeiten sehr ähnlich sah. Er blieb stehen und blickte fragend und beunruhigt auf diesen langhaarigen Mann in einem verschossenen Jackett, der sich nun mühsam von der steinernen Arkadenbank, auf der er neben anderen, bettelarmen Gestalten gesessen hatte, erhob, aus dem Dunkel in das volle Mittagslicht trat und sagte:
„Du?"
Der angesprochene wich einen Schritt zurück und antwortete:
„Ja, ich."
Dabei knöpfte er seine maßgeschneiderte Jacke zu, die er bis dahin offen getragen hatte, dass die Schöße im leichten Wind dieses wolkenfreien Tages elegant seine Hüften umflatterten. „Ich habe es nicht glauben wollen, dass du es bist", fügte er hinzu.

„Doch, ich habe dich im Profil ziemlich schnell wiedererkannt", sagte der Andere. „Ich rechnete nicht damit, dir noch einmal zu begegnen", ergänzte er mit einem bohrenden Blick aus den von Falten umgebenen Augenwinkeln, der, da er etwas gebückt dastand, den Angesprochenen etwas von unten traf. Worauf dieser antwortete:
„Nun ja, Bremen habe ich nicht absichtlich gemieden, deinetwegen, obwohl ich nicht frei von der Befürchtung gewesen wäre, wenn mich meine Angelegenheiten schon früher nach Bremen geführt hätten, dort Opfer eines Racheaktes zu werden."
„Ja, du hattest auch allen Grund zu solchen Befürchtungen", und leiser: „du hast mein Leben ruiniert, sieh mich an, das ist aus mir geworden!" Bebend drehte er dem betroffen dreinblickenden alten Bekannten , mit dem ihn offenbar eine existenzielle Feindseligkeit verband, den Rücken zu, als dieser nach kurzem, von Passanten, die vor dem Rathaus flanierten, umströmten Schweigen zu erwidern anfing, jedes Wort mit Blick in den Himmel betonend:
„Du hast verloren und ich gewonnen, damals. Dass dies so sehr auf deine Kosten

ging, hab ich nicht gewollt und – es tut mir leid", endete er leiser, fast flüsternd.

„Ja, ich habe verloren", bäumte sich der Mann aus dem Arkadenschatten auf, „ganz gewaltig, meine Frau, mein Geld, meinen Besitz, alles, und schließlich auch noch meine Gesundheit. Was meinst du, wie ich mich durchschlagen musste gegen das Urteil, das man über mich fällte ohne die Umstände, ja letztlich die Wahrheit zu kennen!" Speichel rann ihm jetzt aus den Mundwinkeln und tropfte auf das Rathauspflaster.

„Du sprichst von Wahrheit – ich nehme an, du hast deine und ich habe meine. Dass deine Frau sich von dir abgewandt hat, war deine Schuld. Du wolltest sie nicht an deinem Leben beteiligen. Du warst ein Einsiedler, nicht erst heute, wo du im Gegensatz zu damals auch so aussiehst wie einer. Elena war für dich ein Wesen, das du für dich allein haben, aber von der Erde, von deinem Leben fernhalten wolltest. Ich habe ihr, als dann der finanzielle Crash kam, da du, entgegen meiner Warnung, gegen mich spekuliert hast, Halt geboten. Obwohl ich, wie du weißt, verheiratet war, habe ich sie bei mir, bei uns im Haus untergebracht. Das war ein Fehler, wie wir heute wissen."

„Ein Fehler, ein Fehler", fauchte der ehemalige Ehemann Elenas, „es war eine Sauerei! Du hast Elena zu deiner Geliebten gemacht, mit der du deine tolle Frau Myriam erpresst hast, dass sie dir für deine Fassadentreue, da sie dich nicht verlieren wollte, ein Millionenerbe überschrieben hat. Nur dadurch warst du überhaupt in der Lage, mich finanziell fertig und auch noch die beiden Frauen zu Feindinnen zu machen. Bei dir ging es um nichts, ein Spiel mit Menschen, bei mir um alles!"

Danach schwiegen die beiden ehemaligen Freunde und Geschäftspartner wieder.

„Buten un binnen, wagen un winnen" deklamierte jetzt der modisch gekleidete Herr halblaut, und blickte dabei in Richtung Schütting, „das war auch mein Spruch!" wobei er plötzlich begann, nach Luft zu schnappen und die Augen zu verdrehen.

„Du wirst hier doch nicht kollabieren oder gar krepieren, Alter!" Bei diesen Worten stellte der Andere sich stützend an die Seite des röchelnden und in diesem Augenblick schon in sich zusammensackenden Bremenbesuchers, dem sein passgenauer Anzug beklemmend eng wurde, und der, eine Hand auf die Brust gepresst, von dem schnell eintreffenden Rettungswagen in das Zentralkrankenhaus transportiert wurde.

Der allein vor dem Rathaus zurückgebliebene alte Mann betrachtete, nachdem er dem zwischen knipsenden Touristen verschwindenden gelben Fahrzeug lange unbeweglich nachgeblickt hatte, den steinernen Roland neben sich, wobei ihm seine langen fettigen Haare in den offenen abgewetzten Kragen fielen, und murmelte "Buten und binnen, wagen und winnen – und da führt das hin."

Einen Tag später suchte er das Krankenhaus auf, betrat das Zimmer, dessen Nummer man ihm als einem Freund am Empfangstresen gegeben hatte. Er wollte sich mit Hartwig, so der Name des ehemaligen Freundes, versöhnen. Das Bett war aber leer, die Matratze nur mit einem weißen Tuch überzogen. Klaus stand noch eine Weile eingeknickt am Fenster des Krankenzimmers, blickte auf die Bäume des Parks und murmelte noch einmal „Und da führt das hin."

Sterbedatum

Als er die Zeitung aufschlug, fiel sein Blick auf die Todesanzeigen. Während er sie flüchtig zur Kenntnis nahm, stellte er sich plötzlich, aber ganz sanft vor, wie seine Geliebte ebenfalls gerade die Todesanzeigen las und sich dessen bewusst wurde, dass, wenn ihr Geliebter eines Tages dort auftauchte als geliebter Ehemann, Vater, Großvater und

Bruder, er niemals einen ähnlichen Schmerz erlitte wie sie, da er ja die Anzeige nie lesen würde, die ihren Tod beträfe als geliebte Ehefrau, Mutter, Großmutter, Schwester.

Ihn ergriff bei dieser Vorstellung eine tiefe Traurigkeit, die in einen klaren Gedanken eingebettet war. Der Schmerz wäre vermeidbar bei beiden, ihm und ihr, die sich seit Ihrem Abschied von einander vor vielen Jahren niemals wieder begegnet waren, wenn sie durch Verabredung einander in den Tod begleiteten.

Aber wie sollte es zu dieser Verabredung kommen, da sie sich geschworen hatten, niemals Kontakt zu einander auf zu nehmen? Nur der Zufall solle eine Begegnung erlauben, waren sie sich bei ihrer Trennung einig. Wie könnte es dann jedoch zur Verabredung eines gemeinsamen, gleichzeitigen Sterbedatums kommen, fragte er sich. „Nur durch Zufall, wie bei der allerersten Begegnung", dachte er und legte die Zeitung beiseite.

Schrott

Eines Morgens, als der Pensionär G. einen schönen Tag zu verbringen hoffte, fuhr ein mit Schrott aufgehäufter Lastkraftwagen vor dem Haus des G. den Bürgersteig missachtend vor und kippte den Inhalt seiner Ladefläche in den Vorgarten. Nach dem ersten Schreck verließ G. das Haus, um den Schrotthaufen, er schätzte, dass es zwei oder drei Tonnen sein müssten, zu betrachten und dachte an seine Frau, die beruflich bereits außer Haus war und jetzt wegen der Pflanzen, die vom Schrott begraben worden waren, geweint haben würde. Im Wind bewegte sich nichts mehr, kein Blatt, auch nicht die kleineren Blechteile, die nur noch mit einer schmalen Verbindung zu ihrer sperrigen Herkunftsplatte den Weg hierher gefunden hatten.

G. trat kopfschüttelnd wieder ins Haus, entledigte sich seiner legeren Hausbekleidung und zog sich für den Gang zur Polizei, wo er eine Anzeige gegen Unbekannt aufgeben wollte, angemessen an.

Der Beamte saß einige Meter entfernt vom Tresen, vor dem die Klienten ihr Anliegen vorzubringen hatten, an einer Schreibmaschine, die er mit beiden Armen umschlingen zu wollen schien. Ab und zu sauste ein Finger auf eine Taste und ein mürrischer Blick fiel auf einen Unglücklichen, der wegen eines verlorenen Portemonnaies solche Umstände notwendig machte. Ein Kollege am benachbarten Schreibtisch führte derweilen eine Tanznummer oder, in heute üblicher Bezeichnungsweise, eine Performance auf. Er öffnete die Schublade, holte einen Schlüssel heraus, befestigte diesen an einer Kette am Gürtel, aus einer unteren Türöffnung entnahm er ein Schreiben, faltete es zusammen, bis es in die Brusttasche seines Uniformhemdes passte, verließ den Raum, kehrte nach weniger als drei Minuten zurück, machte alles rückgängig, setzte sich an seinen Computer, klickte zwei oder drei Seiten an, stand auf, öffnete erneut die Schublade oder Tür, wobei sein Arm dieses Mal tief im Innern des Schreibtischfachs verschwand, was ihn zwang, seinen Oberkörper zu beugen und so zu drehen, dass er mit fast waagerecht liegendem Kopf einen Blick auf die wartende Kundschaft werfen konnte und gleichzeitig durch ein Hochziehen der Augenbrauen, ein gewissermaßen liegendes Schulterzucken, dieser signalisieren mochte, dass er, wie man ja leicht erkennen konnte, keine Zeit hatte, den nächsten Fall aufzugreifen, holte eine Dienstmütze aus der Tiefe, richtete sich wieder auf und verließ abermals den Raum.

Der Beamte an der Schreibmaschine, der inzwischen mit einem ärgerlichen Rattern der Walze das offenbar misslungene Schriftstück entfernt und ein neues Formular in der Maschine mittig platziert hatte, wobei er den Walzenschlitten an dem verchromten elegant wirkenden Transporthebel einige Male hin- und hergezogen hatte, wandte sich nun mit

einer kurzen Frage an G., der bereits seit zehn Minuten stumm gewartet hatte.
„Was gibt es bei Ihnen?"
„Ich möchte eine Anzeige aufgeben, gegen Unbekannt".
„Weswegen?"
„In meinem Vorgarten wurden heute Morgen etwa drei Tonnen Schrott abgeladen - und ich hatte keinen bestellt", fügte G. hinzu, um der Polizei ein wenig entgegen zu kommen.
„Aha, - Sie hatten keinen bestellt. Hahaha", lachte er, wurde dann aber sofort wieder grimmig. „Und was soll das jetzt, ein Scherz, oder was?"
„Wieso Scherz", sagte G., „für mich ist es alles andere als das!"
„Irgendwelche Scherzbolde, die Ihnen mal was einschenken wollten?"
„Nicht, dass ich wüsste. Jedenfalls möchte ich diese Anzeige aufgeben, das geht doch?" antwortete G. in unversehens ungeduldigem Tonfall.
„Geht schon", räumte der Beamte ein, „aber Sie sind noch nicht dran!"
Dann wandte er sich an seinen Kollegen, der gerade wieder einmal im Raum war und sich aufs Neue an seinem Schreibtisch zu

schaffen machte: „Portemonnaie, wird das eigentlich hinten mit oder ohne e geschrieben?"

Der Befragte nahm eine nachdenkliche Haltung ein und gab schließlich den Rat: „Schreib doch einfach Geldbeutel", worauf sich jedoch der ehemalige Besitzer des abhanden gekommenen Gegenstands zu Wort meldete:

„Unter Geldbeutel versteht man aber einen Beutel für Münzen, der oben zugeschnürt ist. Mein Geldbeutel war aber, ist aber, ein Portemonnaie, wenn Sie so wollen."

„Also gut", sagte der Beamte mit dem Problem bei der Rechtschreibung, „soll ich ein e hinten schreiben für die Ermittlung und Wiederbeschaffung oder nicht?"

Der Kunde grinste, gab aber keine Antwort.

Der Beamte wandte sich nun wieder an G.:

„Da können wir hier ja gar nichts machen, das ist Sache eines Streifeneinsatzes. Da könnte ja jeder kommen und Anzeigen als dummer Unfug aufgeben. Vor Ihnen liegt ein Schreibblock. Da drauf mal Name, Adresse mit Telefonnummer, dann kommt im Laufe des Tages ein Streifenwagen vorbei".

Als G. wieder zuhause ankam, hatte sich der Schrotthaufen geringfügig verändert. Ein

Apfelsinenkarton, der vielleicht von einem unweit gelegenen Gemüseladen vom Wind hergeweht worden war, krönte eine besonders sperrige, rostige Platte. Außerdem fanden sich in den Spalten und Schluchten zwischen den Blech- und Eisenteilen eine Plastiktüte und ein Stapel Zeitungen. G. räumte diesen Unrat beiseite, wobei er sich gewagt über scharfkantige Blechplattenränder beugen musste, was ihm aber unumgänglich erschien, um den ursprünglichen Zustand des Corpus delikti für die polizeiliche Fallaufnahme zu erhalten.

Dann wartete G. auf das Eintreffen des Streifenwagens.

Am Nachmittag kehrte auch seine Frau nach Hause zurück und erschrak. Tränen rollten ihr über die Wangen.

Als die beiden Beamten schließlich vor der Tür standen, klopften sie, statt zu klingeln. Gewiss, die Türklingel konnte man in der Dämmerung übersehen, eine kleine Edelstahlkugel, die gedreht werden musste.

„Schön guten Tag, sind Sie Herr" – er las von dem Zettel, den G. am Vormittag ausgefüllt hatte –„G. T. – Sie haben ein Schrottproblem? – Sie scheinen aber auch ein Problem mit der Türklingel zu haben!"

„Also, was ist vorgefallen?", wandte sich nun der andere Beamte an G.

G. berichtete aufs Neue, während seine Frau mit hochgezogenen Schultern die Arme verschränkt hielt.

„Das ist ein starkes Stück" kommentierte der Kleinere der beiden Streifenpolizisten und blinzelte belustigt zu seinem Kollegen hinüber. Der bemerkte:

„Könnte eine Scherznummer von Freunden sein", wobei er „Freunde" ironisch betonte.

„Haben Sie ein Jubiläum oder sowas?"

Der Kleinere mischte sich ein: „Arbeiten Sie in der Metallbranche?"

„Nein", antwortete G., „ich bin pensionierter Kunstlehrer."

„Ach so", entfuhr es beiden Beamten. „Tja, wir sind was anderes gewohnt, dass Metall gestohlen wird. Aber sowas - naja, Sie können es ja verkaufen, wenn Sie nachweisen, dass es Ihnen gehört", witzelten sie.

„Wie war denn der Vorgarten, bevor das Blech abgeladen wurde?", wandte sich der Größere an G´s Frau, „leer?" schlug er vor.

Inzwischen war es dunkel geworden.

„Wir müssen noch ein Foto machen, wo befindet sich denn der Schrott?" Die Beamten drängten nach draußen. „Ach ja, richtig, hier, ist das richtig?"

„Welcher Schaden ist denn entstanden? Schwer zu beziffern, wenn da nur Pflanzen waren, oder?", wandte sich der Kleinere wieder an G`s Frau.

Die Straßenlaterne in der Nähe des Hauses der Eheleute begann den vor Rost schier berstenden Vorgarten mit einem gleichgültigen Licht zu überziehen, das für einen Augenblick von dem scharf akzentuierenden Schein eines Kamerablitzes dramatisiert wurde, wobei die Schatten der größeren Blechplatten in die Wohnzimmerfenster schlugen.

„Hier, eine Kopie der Anzeige – ist vor allem für die Versicherung wichtig, - falls sie eine gegen ungefragte Schrottzuwendung haben sollten", witzelte der Größere, „die Bearbeitungsnummer steht drauf".

Auf G´s Frage, wie es jetzt weiter gehen würde, erhielt er die Auskunft, dass bis zur Einstellung der Ermittlungen der Tatort unverändert bleiben müsse. „Wir haben ja ein Foto gemacht!", sagte der Kleinere.

„Dass Sie nichts klauen von den Schrottplatten da!" warf der große Beamte zurück, während die Polizisten in den Streifenwagen einstiegen und sich dann in langsamer Fahrt durch die nächtliche Straße entfernten.

Siesta

Als sie sich in der Mittagsstunde auf der Dachterrasse des Hotels Alba in Rom zusammenfanden, er sich sanft auf sie legte und ihren Körper spürte, ließ sie am ausgestreckten Arm, dessen Ellbogen nach unten gerichtet war, um ein Abknicken zu vermeiden, den messingfarbenen, länglichen Anhänger des Zimmerschlüssels vorsichtig auf den Terrassenfliesen tanzen und flüsterte ihm ins Ohr: „carpe diem", während aus einer dunklen Wolke, die vorübergehend die heiße Mittagssonne verdeckte, schwere Regentropfen auf sie herunterfielen und sie wie große Perlen trafen.

Danksagung

Meiner Tochter Ina danke ich für
wertvolle Hinweise und Verbesserungsvorschläge.
Alfred Lorenz und meiner Tochter Julia danke ich,
dass sie sich erfolgreich die Mühe gemacht haben, nach
Fehlern zu suchen.

Gustav Tilmann, geb. 31. 05.1941, freischaffender Künstler und Autor, lebt mit seiner Familie in Bremen. Nach Kunst- und Lehrerstudium unterrichtete er an der Fachoberschule für Gestaltung in Bremen. Ab 1993 war er bis zu seiner Pensionierung als künstlerischer Leiter im Bereich bildende Kunst in der Kulturwerkstatt Westend Bremen tätig. Neben Ausstellungen im In-und Ausland war er an diversen künstlerischen Architekturprojekten vor allem in Bremer Krankenhäusern beteiligt.

Seit mehreren Jahren schreibt er Romane, Novellen, Kurzgeschichten und Gedichte.

Bisher veröffentlichte Titel: